Supergelatinado

Ulises de Laney

Cerveza y móviles

(D̲os hombres están sentados frente a una mesa. Uno es mayor, lleva sombrero de gánster, corbata y unas gafas, fuma. El otro, mucho más joven, lleva camiseta, gorra y mira su teléfono móvil, sin separar los ojos de este).

Hombre_sombrero: ¿Vas a dejar de mirarlo?

Joven_gorra: *(Levanta la cabeza despistado)* ¿Eh? ¡Ah, sí! Perdona. ¿Qué me estabas diciendo? *(Avisa al camarero con la mano).*

Hombre_sombrero: Te estaba diciendo que qué estás mirando en… esa cosa, sin parar, parece que no estás aquí conmigo…

(Llega un camarero)

Camarero: ¿Van a tomar algo?

Hombre_sombrero: Sí, para mí una cerveza.

Camarero: ¿Sin copa?

Hombre_sombrero: ¿Qué quiere decir sin copa?

Camarero: Me refiero, señor, si la quiere en jarra o de botella.

Hombre_sombrero: ¿Y me pregunta sin copa?

Camarero: Sí, señor, he hecho alusión a lo que no quiere para saber lo que querría, luego iba a preguntarle si "Sin jarra" y entonces hubiera sabido lo que quería, es decir, "Una botella".

Hombre_ sombrero: *(Le mira sorprendido)* ¿Se ha vuelto loco? ¿Qué diablos me está contando?
Joven_gorra: Se dice así, Papá, hoy en día se dice así… *(Mira al camarero)* Perdónale, es que ha estado mucho tiempo aislado, ponle una jarra de cerveza y para mí, un rucacole.
Camarero: De acuerdo, enseguida.

(Se va el camarero)

Joven_gorra: Bueno, ¿y qué tal la descongelación? ¿Te sientes mejor?
Hombre_sombrero: ¿Por qué me has llevado Papá? Si soy tu… tatara… lo que sea.
Joven_gorra: Oh, venga, ¿te iba a llamar Tatarabuelo delante del camarero? Te recuerdo que lo de la… crioge… ¡nización! aún no es muy conocido, y viendo lo joven que eres no se lo creería, je, je.
Hombre_sombrero: Me importa un…
Joven_gorra: *(Se lleva un dedo a los labios)* ¡Shhh! Calla, no digas palabrotas, está prohibido en esta cafetería. *(Señala un cartel en la pared donde pone Prohibido Lenguaje Soez y Malsonante)*
Hombre_sombrero: *(Sorprendido)* Pero… ¿Qué? ¿Qué le ha pasado a la humanidad? ¿Es que os habéis vuelto todos locos?
Joven_gorra: *(Enseñándole el móvil)* ¿Y has visto el móvil? No me has dicho nada de él.
Hombre_sombrero: Sí, ya he visto ese cacharro, no paras de mirarle, parece tu novia…
Joven_gorra: ¿Cómo lo sabes?
Hombre_sombrero: ¿Cómo sé el qué?
Joven_gorra: Que es mi novia… Mi móvil.
Hombre_sombrero: Tu… Tu… ¿Tu móvil es tu novia?

Joven_gorra: Sí, es un móvil de género femenino, lo compré así, lleva una inteligencia artificial que desde que lo enciendes por primera vez, y a esto se le llama "El día en que nos conocimos" empieza a hablar contigo como si acabases de cruzarte con esta chica, entonces el móvil acepta la cita y… bueno, a partir de ese día se volvió mi pareja, así que… se va amoldando a mi personalidad, con lo que logra hacerse la… ¡novia perfecta! ¿Entiendes lo que digo? Me estás mirando como si te diera asco…

Hombre_sombrero: *(Se quita el sombrero y lo pone sobre la mesa llevándose una mano a la frente)* Pero nieto…

Joven_gorra: Tataranieto.

Hombre_sombrero: Bueno… ¡lo que seas! ¿Qué eso que me cuentas? ¿Cómo va a ser ese ladrillo tu novia? No sabes lo que dices…

Joven_gorra: Tatara, vienes de otra época. Ahora las novias o… novios… bueno, lo que quieras como pareja, porque el mundo de la sexualidad en los móviles es muy variado, igual que en las personas. Hay móviles de todo tipo, las inteligencias artificiales, también llamadas IA, son tan inteligentes que cuando son creadas eligen su identidad de género, puede ser una IA pansexual, bisexual, ginosexual… he oído móviles que tiene AI con género fluido, en estos casos, los usuarios que los compran suelen tener problemas cuando el móvil ya no les quiere…

Hombre_sombrero: No he entendido una… *(Mira el cartel de Lenguaje Soez)* Nada, no entiendo nada, solo que ese cacharro es tu novia. Mira, en mi época, tuve muchas novias… Pero todas, todas, tenían dos buenas… *(Mira el cartel de Lenguaje Soez)* Piernas, y un buen… *(Vuelve a mirar el cartel de Lenguaje Soez)* Torso, sí, torso.

Joven_gorra: ¿Torso, Tatara?

Hombre_sombrero: Sí, torso, todas tenían torso, piernas, brazos, ¡tenían un cuerpo! No eran algo sin vida, un simple… ladrillo, como eso que tienes en la mano. *(Mira hacia atrás)* Oye, ¿cuándo va a venir el camarero? *(Le señala a lo lejos)* ¡Mírale! Si está ahí observándonos, parado, ¿qué está haciendo? ¿Por qué no viene?

Joven_gorra: Ah, no lo sabes tampoco, es que en nuestros días hay que avisarles para que se acerquen, para no ser interrumpidos.

Hombre_sombrero: ¿Qué estás diciendo, hijo?

Joven_gorra: Tataranieto, tatarabuelo, tataranieto, digo que aunque los camareros ya tengan las consumiciones no se acercarán hasta que les avises desde lejos, o con una aplicación de móvil, depende del sitio.

Hombre_sombrero: ¿Y me puedes decir por qué? Porque… ¡Creo que estáis todos locos!

Joven_gorra: Bueno, todo tiene su lógica… Espera que le aviso. *(Avisa al camarero)*

(Llega el camarero)

Camarero: Señor, su no copa, no botella, de cerveza *(le pone una jarra sobre la mesa, luego mira al joven)* Y su rucacole, joven.

Joven_gorra: Gracias. ¿Puedes decirle a mi padre por qué hay que avisaros desde lejos? Él no lo comprende aún.

Camarero: Oh, por supuesto, señor. Según *La nueva ley para el servicio de restauración* hay que avisar al camarero para que este no interfiera con información confidencial o que pueda comprometer de alguna manera su salud o vida, para explicárselo con un ejemplo, esta ley se basa en casos en que el camarero ha escuchado cosas que no debía escuchar, las cuales han puesto en peligro su propia vida. Desde entonces, esta ley protege la seguridad de los camareros y la confidencialidad de las conversaciones de los clientes, dándoles completa libertad en sus mesas. ¿Me entendió?

Hombre_sombrero: *(Pensativo)* Ajá... Tiene... sentido, sí... Tiene sentido... En mi época tuve que matar a un par de hombres por algo parecido...

Camarero: *(Asustado)* ¿Perdone, señor?

Joven_gorra: *(Avergonzado)* Oh, nada, je, je, mi padre quiso decir en una película, porque fue actor... Hablaba de cine...

Camarero: Ah, claro, entiendo. Bueno, señores, me retiro hasta su nuevo aviso.

(Se va el camarero)

Hombre_sombrero: No estaba hablando de cine, tu... tu bisabuelo sabe muy bien a qué me dedicaba... Yo era gánster, gánster, ¿no sabes lo que hacen los gánster?

Joven_gorra: Sí, Tatara, lo he visto en muchas películas y series, pero... No puedes ir por ahí diciendo que matabas gente como si nada...

Hombre_sombrero: Tienes razón... Me he excedido. *(Se mete la mano en la chaqueta y mira hacia el camarero avisándole con la otra mano).*

Joven_gorra: ¿Qué haces, Tatara?

Hombre_sombrero: Avisarle para que venga, ahora tendré que matarle.

Joven_gorra: ¿Te has vuelto loco? *(Mira hacia el camarero e indica con la mano para que no se acerque)* Tatara, eso no se puede hacer, además... ¿De verdad llevas pistola bajo esa chaqueta?

Hombre_sombrero: Te lo prometo, ¿quieres verla?

Joven_gorra: ¡No! ¿Te criogenizaron con pistola?

Hombre_sombrero: Sí, pedí que así lo hicieran.

Joven_gorra: ¿Y por qué?

Hombre_sombrero: Por una razón muy sencilla y así se la expliqué a los científicos, cuando me despertara podía ser en un futuro lleno de peligros, amenazas, enemigos hostiles y no… de… jóvenes con novias del tamaño de una cajetilla de tabaco.

Joven_gorra: *(Se ríe)* Muy bueno, Tatara. Tú siempre tan precavido y… peligroso. No me has contado de quién fue la idea de congelar a un gánster, ¿no hubiera sido más sensato congelar a un gran científico o a un gran artista?

Hombre_sombrero: *(Golpeando sobre la mesa)* ¡Me ofendes! ¿Esa es forma de valorar a tu tatarabuelo?

Joven_gorra: Quiero decir, Tatara, ¿cómo pudiste convencerles para que te criogenizaran? Supongo que fue… porque tenías mucho dinero, ¿no?

Hombre_sombrero: No fue esa la razón, aunque lo tenía, la razón fue… ¡Mi hijo!

Joven_gorra: ¡El bisabuelo, claro! Él fue uno de los inventores de la criogenización.

Hombre_sombrero: Exacto, y cuando la inventó se dijo, ¿por qué no hacerlo con mi padre ahora que está tan mal?

Joven_gorra: ¿Qué te pasó, Tatara?

Hombre_sombrero: La policía me pilló con un gran cargamento ilegal a punto de hacer el intercambio, hubo disparos, uno de ellos me alcanzó, herida mortal, me llevaron al hospital con las peores esperanzas pero… Antes de morir, por petición de mi hijo, fui trasladado al centro donde tenían estas máquinas, así que… allí me criogeninflaron. Asunto arreglado y… ¡hasta hoy!

Joven_gorra: Increíble, ¿y el bisabuelo no se criogenizó? ¿Y el resto de la familia?

Hombre_sombrero: No tengo ni idea, hijo, a mí me han despertado hace… menos de un día, y luego te avisaron para que vinieras a por mí, ¿te contaron algo?

Joven_gorra: Nada, solo que te recogiera, que la máquina había sufrido un apagón y te descongelaste por error.

Hombre_sombrero: *(Sorprendido)* ¿Por error?

Joven_gorra: Así es.

Hombre_sombrero: ¿Y no me eché a perder?

Joven_gorra: Ya ves que no, mírate aquí tomándote una cerveza con tu tataranieto.

Hombre_sombrero: No entiendo nada, ¿funciona entonces esto de la criogeninflacción?

Joven_gorra: Criogenización, Tatarabuelo.

Hombre_sombrero: Oye, me tienes que conseguir un cacharro de esos *(Señalando al móvil)*.

Joven_gorra: ¿Para qué?

Hombre_sombrero: Bueno, llevo más de un siglo sin… ya sabes. Necesito una mujer.

Joven_gorra: Pero Tatarabuelo, ¿cómo dices eso?

Hombre_sombrero: ¿Tampoco se puede decir esto en esta época?

Joven_gorra: No, esa expresión es ofensiva, tienes que decir "Me gustaría conocer a una mujer" *(Enseñándole el móvil)* Mira, te enseñaré el nuevo diccionario de expresiones para que vayas aprendiéndotelas…

Hombre_sombrero: *(Pensativo, se pone el sombrero)* Hijo, tú crees… ¿Que podrían volver a criogeninflarme?

Joven_gorra: ¿Para qué, Tatara?

Hombre_sombrero: Porque… no me gusta esta época…

Joven_gorra: ¿Y eso?

Hombre_sombrero: Preferiría… ¡otra!

Joven_gorra: Tatara, demasiada suerte has tenido al descongelarte y seguir vivo… ¿Te imaginas al mosquito dentro de la piedra de ámbar que sobreviviera y luego dijera *(voz de burla)*: "No me gusta esta época, preferiría otra…"?
Hombre_sombrero: ¿Qué mosquito?
Joven_gorra: El de la peli… ¡Ah, es verdad! Que no la has visto… *(Pensativo)* Nada, ¡olvídalo!

Tobías, el mayor cazador de todos los tiempos.

La ignorancia es a veces nuestra peor trampa, esta es la historia de cómo un cazador acabó cayendo en sus propias debilidades, sin que por ello no podamos decir que… ¡Era el mejor cazador de todos los tiempos! No obstante, para no caer en el consiguiente error de atribuir a este cazador cualidades depredadoras, he de decir que no cazaba otra cosa que no fueran insectos, se dedicaba a venderlos a coleccionistas. Su especialidad eran las mariposas, así que debéis pensar que en la mano no empuñaba una escopeta, mucho menos un rifle, sino un cazamariposas y frascos donde las guardaba vivas.

Tobías, tenía el pelo largo, con una raya en medio, era alto, desgarbado y muy rápido. Su mirada era penetrante, parecía diseccionarlo todo, si se cruzase con la mirada de un tigre, entre ambos no podríamos decir quién era la presa y quién el cazador. Pero… Tratándose de mariposas, todos saben que estos insectos voladores no destacan por desafiarte con la mirada, así que la mirada de Tobías las perseguía mientras revoloteaban entre las flores. Estos bellos animales deberían poblar este mundo y muchos otros, pensaba Tobías, dentro de él habitaba un gran amante de la naturaleza. El cómo llegó a ser un amante de las mariposas se remonta al momento en que en el patio del colegio debía elegir entre jugar al fútbol, un deporte que no le gustaba mucho, y… Saltar a la comba, otro deporte más difícil todavía, y aunque lo intentó siempre se caía, así que decidió unirse al Club de las chapas, ese otro deporte de los patios de colegio, aunque ya desaparecido; se equipó con las mejores chapas, de hecho, su padre pidió a una fábrica de cristal que las rellenaran de vidrio por dentro para que pesaran más y no se salieran tan fácilmente de las líneas del suelo del patio por las que se disputaría la carrera. A pesar de partir con ventaja no ganaba ninguna carrera y esto le desmotivó tanto que se sentó una mañana en un escalón del patio sin querer saber más de juegos y se dedicó a mirar al cielo imaginando historias de su propia cosecha. Un día se posó en una de sus rodillas una mariposa, y es ahí donde empezó su amor por el mundo de los insectos. Empezó a coleccionarlos, le gustaban muchos, otros no tanto, por ejemplo, sus preferidos eran las mariposas, las libélulas, las mariquitas y las mantis religiosas, una elección muy lógica, pues la compartían miles de personas además de él. Los insectos que menos le gustaban eran las cucarachas y los piojos. En fin, Tobías cuando creció vio un atractivo mercado que se interesaba por los insectos, había cierto tipo de insecto raro que se pagaba muy bien y él viajaba allá donde hubiera que ir para conseguirlo.

Una calurosa tarde, andando en medio de una selva, equipado con su kit de cazamariposas a la espalda como si fueran palos de golf, su brújula colgada del cuello y sus gafas de visión especiales para insectos vio en lo alto de una rama el ejemplar de Lepidóptero por el cual le iban a pagar lo equivalente a todo un año de vacaciones. Sus ojos se le hicieron chiribitas, llevaba ya un mes sin rastro de esa mariposa y ahora que estaba a punto de abortar la operación, pues se le había acabado el presupuesto, la muy sinvergüenza ahí estaba delante de sus narices moviendo sus alitas de manera burlona. Lo único complicado esta vez era la altura a la que estaba, parecía que sobrevolaba la selva, no bajaba de las copas más altas. Esto era un problema para Tobías, el experto cazador de insectos, quien en pocas ocasiones se había visto obligado a subir a una cota tan elevada. Hubo una vez que tuvo que subir a una rama a por cierta clase de hormigas, pero la altura era ridícula en comparación con lo que debía hacer ahora. Entonces pensó en un plan B, si esperaba el tiempo suficiente la mariposa podía descender su vuelo, no obstante, también podía perderla de vista, y no podía arriesgarse a perder tanto dinero. Así que pasó al plan C: Se puso sus botas especiales para escalada.

Espera un momento, acabas de decir que Tobías no escalaba, ¿cómo es que tenía unas botas especiales de escalada?

Bien, he dicho que no se subía a árboles, escalar sí que escalaba pues amaba la naturaleza y a veces planeaba excursiones a cumbres altas, pues también allí se encontraban nuevas especies de insectos. Todavía no hemos dicho, a estas alturas del relato, algo sobre el apasionante mundo de los insectos, en palabras de Tobías:

"...los insectos son los animales más numerosos del planeta, ocupando dos tercios de todos los seres vivos, hay tantas especies sin descubrir que los entomólogos aún tenemos un largo camino por delante, solo conocemos un poco más de un millón de especies pero se calcula que hay más de cuatro millones, tirando por lo bajo, los insectos llevan más de 350 millones de años en la Tierra, así que podemos decir que son los sabios de la naturaleza, bien sea por su pequeño tamaño para esconderse o huir de los depredadores, bien por sus exoesqueletos resistentes y ligeros, o por sus alas pudiendo ir aquí y allá en busca de comida, refugio o para buscar a su amor... En fin, si los insectos también hablaran abrirían una escuela de negocio y se forrarían, pero en lugar de eso se mueven silenciosos evitando a los humanos, pues saben que quizás somos nosotros los tontos que abren escuelas de negocio y vamos impartiendo clases, alardeándonos de saberlo todo.

Pensémoslo: ¡Son ellos los que han sobrevivido ya a unas cuantas extinciones planetarias! Y no van por ahí señalándose con orgullo diciendo: «¡Eh, míranos, aquí donde nos veis hemos sobrevivido a glaciaciones extremas, dinosaurios gigantescos, caídas de meteoritos...! Y solo os decimos aquello que mostráis en vuestras películas que si nuestros abuelos hablaran... ¡fliparíais!»"

Tobías escalaba ese gran árbol sin despegar su mirada felina de la rama donde la mariposa descansaba. Pensaba en lo buen escalador de árboles que era, no había tanta diferencia entre un árbol y la pared de una montaña. La vista cada vez era más bonita, la selva mostraba su juego de luces atravesando el espeso follaje, y al echar la vista hacia el cielo iba viendo su luminosidad colándose entre las formas irregulares que formaban las copas de los árboles. Si no fuera por esa mariposa no sería testigo de aquel momento único que quedaría grabado en su memoria para siempre. Aunque no consiguiera su propósito, pensaba, haber llegado hasta esa altura por sí solo merecía la pena. Cuando quedaba menos de un metro para cazar el raro espécimen, Tobías desenfundó su cazamariposas más apto y preparó su brazo para moverlo prestamente, mientras con el otro agarraba bien las sujeciones que tenía en torno al tronco. El movimiento de caza no estuvo escaso de rapidez ni de precisión, si lo hubiese efectuado a ras del suelo, no habría duda de que la hubiera cazado sin problemas y este relato hubiera terminado, quizás en una playa de aguas cristalinas con Tobías disfrutando de un agradable baño o bebiendo un cóctel echado en una hamaca. Sin embargo, fue el momento que golpeó con el cazamariposas la rama donde estaba posada la mariposa el que le advirtió de que algo extraño sucedía, el insecto volador quedó dentro del cazamariposas durante unos segundos, lo que produjo una momentánea alegría en Tobías, efímera, pues fue consciente

16

de un hecho perturbador e inusitado, uno de esos momentos en que un entomólogo piensa que esto solo puede suceder una vez en la vida, y no a todos los entomólogos, sino quizás a un único afortunado en toda la historia de la humanidad, bueno, ¿qué es lo que pasó? ¿Lo vas a decir ya o vas a seguir con la descripción hasta la siguiente extinción?

Empezamos el relato con "La ignorancia es a veces nuestra peor trampa, esta es la historia de cómo un cazador acabó cayendo en sus propias debilidades" y es hora de explicarlo,
Tobías había descubierto una nueva especie de insecto, una tan exótica y alucinante que nadie lo creería, la propia ignorancia de Tobías había sido su peor trampa, y su debilidad por los insectos le hicieron subirse a ella, o subirse a ese tronco, que no era un árbol que estuviera escalando, sino…
Una de las patas de un insecto palo gigante y… volador, en cuanto Tobías le golpeó con el cazamariposas este echó a volar con el cazador agarrado a una de sus patas, perdiéndose entre las nubes. Lo último que se oyó fue a Tobías gritar: "Seré rico y famoso…"

Pero aquel nuevo insecto, si había sobrevivido tantos millones de años sin ser visto, no estaba dispuesto a aceptar las sugerencias de este pequeño hombre agarrado a él…

Esta historia no acaba tan mal como pensaréis, en la mochila que Tobías llevaba a la espalda había un paracaídas que le salvó de aquel suceso inesperado. ¡Venga ya!, diréis, ¿un paracaídas, en serio? Por supuesto, Tobías también practicaba este deporte y otros de riesgo. Y en cuanto subía a una montaña elevada y veía que se podía, pues ahí estaba él lanzándose al vacío, fuera paracaídas o cualquier otro artilugio que llevara. El único problema fue que mientras iba abrazado a la pata de ese gran insecto volador, viendo desde las nubes empequeñecerse la selva, pensando si soltarse o no, pues estaba agarrado a su genial descubrimiento, y separarse de él era volver a ser un entomólogo del montón, es decir, ¿cómo bajar de la gloria? ¿Cómo volver a poner los pies en el suelo después de haber tocado los cielos de la Entomología? Tuvo que elegir y… Eligió sabiamente, dirían los más sensatos, pues se soltó y usó su paracaídas. Pero para los más aventureros, es obvio que se equivocó, ¡dejar pasar ese tren, por favor! Digo… ¡dejar pasar ese insecto, madre mía! No todos los días pasa este acontecimiento, de hecho, no le volvería a pasar más, seguro…

Pero cada vez que volvió a ver una mariposa, revoloteando allá donde él iba a buscarlas, fuera campo, selva o montaña, algo se podía ver en sus ojos… Un pequeño destello de esperanza de volver a ver a ese ser. A partir de entonces ya no miraba a los árboles igual, pues un árbol, también podía ser un insecto, pero eso, lo mantuvo en secreto…

Celeste

Gran parte del tiempo lo pasamos pensando en qué vamos a hacer en otro tiempo (que no es ese mismo tiempo que estamos viviendo). Somos como grandes ingenieros de nuestro tiempo, diseñando, planificando, preparando otros tiempos en los que vamos a vivir, usando el tiempo como materia prima y nuestros pensamientos. Pero a veces… ni siquiera planificamos nuestro tiempo sino el tiempo de otros… Esto es lo que le pasó a Celeste, una planificadora nata del tiempo.

Su despacho era amplio, tenía estanterías llenas de regalos y fotos con otras personas, algunas famosas, otras, personas que la apreciaban mucho. Su mesa principal tenía un ordenador portátil, abierto, en la pantalla podía verse un cronograma con todas sus actividades de aquí a tres años. Hablaba por teléfono con un cliente:

- Exacto, participarás en el Show de Domingo Rompealmas, durará cuarenta y cinco minutos y te he enviado el cuestionario de las preguntas que te harán. Irá una limusina a recogerte a las cuatro y cuarto y a las cuatro y cuarenta y cinco llegarás al plató de Santa Emilia. Cuando termines estará otra limusina esperándote, allí te llevará donde le digas. Si necesitas algo me llamas, ¿de acuerdo, Marta?
- Gracias, Celeste. Siempre tan buena agente.
- Gracias a ti, guapa. Te dejo que estoy esperando una llamada.

Celeste colgó la llamada y cogió la siguiente:

- ¿Sí?
- Hola, Celeste, ¿cómo va la publicidad del nuevo álbum?
- Hola, Alegría, superguapa. Te estoy enviando un correo con la lista de anuncios, la hora, el día, y los canales donde se publicitará.
- ¿En televisión?
- En televisión, radio, prensa escrita, internet, correos electrónicos a clientes potenciales, seguidores, carteles en tiendas de música online y cómo no, redes sociales. Además te he enviado un enlace para que veas en qué lugares, de cada ciudad, del país, hay vallas publicitarias de tu álbum, ¿se puede pedir más?
- Eres única, Celeste. Eso quería saber. ¿Y las ventas?
- Los números de las ventas me los ha mandado la productora, estás en el número dos de la lista principal de éxitos del país, al menos en el número cinco de diez listas internacionales y se estima que para antes de un mes serás número uno en todas, Alegría.
- ¡Genial! Pero… estoy muy nerviosa para el concierto de esta noche…
- Ah, nada de nervios, ya va para allí el psicólogo genial que te recomendé, llegará en una hora. ¿Estás con el masajista, no?
- Sí, pero sigo nerviosa…
- Tranquila, llámame en media hora. ¡Chao!
- Adiós, Celeste, besitos.

Celeste colgó la llamada y cogió la siguiente:

- Agente Celeste, dígame.
- Celeste, estoy en un apuro, tengo que dar una charla sobre "Los nuevos usos de las ordenadores cuánticos y su impacto en los

20

pescadores de la costa occidental" y he perdido los papeles…
¿Dónde me los enviaste?

- A ver… A tu correo, en un archivo pedf.
- Pues lo descargué, pero luego borré el correo… ¡Ay, dios mío!
No tengo ni idea de nada. Ayer bebí de más y tengo la cabeza
hecha un lío… ¡La organización no me pagará ni un céntimo!
- Tranquilo, Rómulo. Te vuelvo a enviar el archivo.
- ¡Pero quedan tres horas solo!
- Tú siempre tan pesimista. ¿Alguna vez has hecho mal un
discurso? Venga, respira hondo. ¿Te has tomado las pastillas
que te mande por mensajero la semana pasada?
- ¿Las moradas?
- Sí.
- Pensé que eran de Carmen, y las tiré. Ya no me hablo con mi ex.
- ¡No, eran mías! Bueno, tranquilo. Mira, abre el archivo, ¿lo ves?
- Sí, lo acabo de recibir.
- Vamos a leer juntos el primer párrafo, ¿de acuerdo?

Después de leer el párrafo Rómulo mostraba más seguridad y
calma en su voz…

- Parece que estoy mejor, ya empiezo a recordar algo, gracias,
Celeste. ¿Tienes ya el siguiente discurso preparado para el día
17?
- Sí, me lo acaba de mandar Matías el martes pasado.
- ¿Y cómo se llama?
- "El matriarcado en la nueva psicología y su influencia en el
clima alrededor de los museos modernos"
- Suena bien, ¿qué significa?

- Pasado mañana a las cinco de la tarde tendrás una videollamada con el catedrático de la Universidad de Psicología para explicarte bien todo, toma notas, te he enviado por mensajero un bloc muy práctico y bolígrafos. No me falles, ¿eh?
- ¡Tú siempre tan atenta y perfecta, Celeste! ¡Gracias! ¡Gracias mil!
- Nada, Rómulo, y arriba ese ánimo.
-

Celeste cuelga la llamada. Mira la hora de su reloj de pared y… ¿Solo ha pasado una hora? Son exactamente las 6 de la tarde. Hubiera jurado que llevaba toda la tarde liada con clientes. Mira la hora de su móvil y comprueba que solo ha pasado una hora. Es más, ha terminado toda su agenda de deberes por hoy, vuelven a llamarla.

- Hola, Celeste, soy Lucía.
- Hola, Lucía. ¿Qué tal el rodaje de la película?
- Tienes que ayudarme. Mañana no podré asistir al rodaje y no sé cómo explicárselo al director.
- ¿Algún problema?
- Sí, que él me asegura que tengo que venir pero es que me es imposible. ¿Podrías hablar tú con él?
- ¿Pero qué es lo que tienes que hacer?
- Me ha invitado P. Huracán a su mansión porque va a hacer su fiesta de cumpleaños y no puedo faltar, soy su novia, ¿no lo sabías?
- No te preocupes, Lucía, yo hablo con el director y me encargo. ¿Le digo que pasado mañana estarás a primera hora, te parece bien?
- Gracias, Celeste, te quiero, te quiero.

Celeste cuelga la llamada e inmediatamente llama al director de la película de Lucía, Julio Sandía Santoro, le suelta un rollo acerca de un familiar de Lucía que acaba de fallecer y le convence para posponer las escenas de Lucía al domingo, es decir, un día más, como quería la actriz. Parecía algo molesto en principio, refunfuñó durante un rato en bajito, pero no se atrevía a decirle nada a Celeste, pues esta tenía mucha mano izquierda, hablaba con asertividad y mucha empatía. Después de colgar, mira la hora, las 6 y cuarto, siente que está cansada. Piensa en irse a dormir al sofá de su despacho, que es también el de su casa, pues trabaja en su casa o vive en su despacho, como se quiera ver. Como jefa ella se pone sus horarios, después de todo, trabaja sola, no hay nadie a quien tenga que pedir permiso ni trabajadores contratados, es una mujer independiente, prestigiosa agente de artistas y otros personajes de actualidad.

Apenas sale, entre videollamadas y llamadas, no obstante, suele acudir a reuniones, fiestas, galas y otras actividades sociales, si no ¡no sería una de las más prestigiosas agentes del panorama actual! Pero, a decir verdad… justo esa semana no ha tenido que salir, así que lleva en ese despacho encerrada… ¡cinco días! Hace memoria, es viernes y lleva una semanita que… ¡Uf!, no ha tenido tiempo ni de comer apenas en los días de reclusión que lleva. Su cocina está abriendo la puerta de su despacho, no tiene más que ir hasta allí y abrir la nevera pero… ¡claro, hay que hacer la compra! y dentro de la nevera solo tiene varios yogures desnatados, un paquete de fiambre abierto desde hace un mes y un litro de leche de soja… Generalmente suele pedir pizza cuando tiene mucha hambre, aunque también algo de chino o italiano en su improvisado menú.

Se levanta de su silla y decide ir a la cocina primero a por un vaso de soja, enciende la luz, abre la nevera, se pone ese vaso y va hasta las ventanas que dan al patio de vecinos, le suele gustar apoyarse y disfrutar de un momento de calma. Se apoya, con las ventanas abiertas y mira el cielo, por donde descienden los últimos rayos del sol de la tarde. "Hola - Escucha - ¿por fin te has decidido a respirar aire puro del cielo celeste, Celestita?"

Inmediatamente sabe de dónde procede esa voz, es de su vecino Lorenzo, el hombre más simpático que conoce en su círculo de conocidos cercanos. El hombre que siempre la saluda y se preocupa por su vida cuando se encuentran frente a frente en el patio de vecinos. Ella es soltera y sin compromiso, con una vida tan ocupada nunca se ha planteado sentar la cabeza y formar una familia, su vida profesional lo es todo pero… Cuando habla con Lorenzo siente que el mundo se detiene y que hay otras cosas a parte de planificar, organizar, decidir y negociar.

- Sí, no sabes qué semana llevo… ¿Y tú qué tal?
- Bien, acabo de venir del trabajo, me preguntaba… si estabas bien.
- Sí, eres un encanto - Celeste bajó la mirada, le gustaba que él se preocupara por ella, aunque solo fuera ese pequeño rato.
- Demasiados famosos bajo tu ala. Deberías reducir tu agenda…
- Sí, eso pienso a veces… Te veo otro día, guapo, me voy a echar un rato.
- Claro, Celestita. Que tengas lindos sueños.

Con los ojos medio cerrados Celeste va hasta el sofá. Se rasca la espalda, bosteza, no puede creer que haya sido tan eficiente, asombrosamente, no tiene más cosas que hacer, así que se tira sobre el sofá bocabajo, como si cayera una estatua de un museo, a plomo, deja su móvil encendido para cualquier contratiempo o petición. Enseguida cae en un sueño profundo.

Al despertar miró la hora de su móvil, lo primero, se quedó
pensando, giró rápidamente su cabeza para ver el reloj de la pared,
la hora era igual que la del móvil, fue hasta su portátil y miró la
hora en una esquina de la pantalla, la misma hora. Ya eran tres
comprobaciones, el problema era que solo habían pasado unos
minutos desde que se echó, eran las siete de la tarde, y en su
cuerpo sentía que había dormido mucho más, fue hasta la cocina y
miró su otro reloj de pared, las siete. Abrió las ventanas de la
cocina que daban al patio de vecinos y vio que ya se había ido la
luz. Cuadraba todo menos en lo de que había dormido mucho. Su
móvil sonó. Era Marta.

- Hola, Celeste. ¿Qué tal?
- Hola… Eh… Un poco confundida, je, no sé en qué día vivo.
- Pues es viernes.
- Viernes, sí, eso pensaba yo… ¿Tienes alguna duda con la
  entrevista?
- ¿La entrevista?
- Sí, lo que hemos hablado hace un rato.
- No sé de qué me hablas, perdona Celeste, yo te llamaba para
  invitarte a los premios "Personajes del año".

Celeste no tenía ni idea de qué hablaba, pero como a veces la
invitaban a premios que no se esperaba accedió y no le dio mucha
importancia. Tampoco quiso insistir en lo de la entrevista pues aún
se sentía algo dormida después de la siesta.

- Ah, sí, claro, envíame un correo y lo leo. Muchas gracias, Marta.
  Un beso.
- Adiós, bonita.

Fue colgar la llamada y volvió a coger otra.

- Hola Celeste, ¡soy Alegría! ¿Te acuerdas de mí?

- Pero… ¿Cómo no voy a acordarme de ti? Si acabamos de hablar…

- ¿Seguro? - dijo Alegría riéndose - Uf, perdóname, menuda cabeza que tengo, lo olvidé… Oye, ¿tienes aún el número del… publicista ese, el de la productora del álbum que estuvo en el número uno?

- ¿Pero que dices Alegría? Si todavía no ha llegado al número uno, te lo comenté hace nada, je, je.

- ¡Qué graciosa eres! - Alegría reía a carcajadas - ¿Pero tienes el número del hombre aquel?

- De Juan, el publicista, claro, cómo no voy a tenerlo. Te estoy enviando un correo con él.

- Gracias, reina, te dejo que estoy en una fiesta con amigos, un beso.

Celeste acababa de tener dos llamadas y se preguntaba por qué la gente actuaba diferente a como ella esperaba, como si no estuvieran hablando de lo mismo. De pronto sonó el teléfono.

- Hola, Celeste, soy Lucía.

- ¡Lucía! ¿Qué te ha pasado en la voz? Te la noto más… cansada.

- ¿Cansada? Es mi voz. No sé… La que tengo.

- Pues será la línea que se escucha raro, te oigo diferente.

- Quería ver si has recibido alguna oferta para mí…

- ¿Oferta? ¿De películas?

- Llevo meses sin nada de nada, y necesito dinero, Celeste.

- Pero… Lucía, ¿y la película que estás haciendo?

- ¿La película?

- Sí, la que estás haciendo, llamé al director.

- ¿A qué director?

- ¿Cómo que a cuál? A Julio Sandía, por lo que me pediste.
- ¿Julio Sandía? ¡Buf! ¿Al que di plantón?
- No, plantón no, hablé con él y le dije que no podías ir mañana y
  dijo que el domingo, te iba a mandar un correo para decírtelo.
- ¿Pero de qué hablas? Si dejé su película…
- ¿Has dejado su película? No te entiendo, Lucía. Tienes que
  contarme estas cosas, soy tu agente, no puedes hacer esas
  cosas…
- Mira, estoy un poco… Cansada, sí, tienes razón, Celeste, te
  llamo mañana, perdóname.

Lucía, la actriz superfamosa, colgó la llamada sin darle posibilidad
de despedirse a Celeste.

Celeste se sentó en la mesa de su despacho, resopló, estaba
nerviosa, solo se había echado a dormir tan solo unos minutos y
notaba que las cosas ya empezaban a ser confusas, no cuadraban…
Decidió llamar por teléfono a la última persona con la que había
hablado antes de dormir: Rómulo, el conferenciante.

- Hola, ¿Rómulo?
- Hola, ¿quién es?
- Soy Celeste.
- ¿Celeste?
- Sí, hemos hablado hace nada para tu conferencia de dentro de
  unas horas.
- ¿Conferencia? Yo no doy conferencias.

Celeste sintió dentro de ella un ardor que le subía, no era
precisamente de las que se callaban y no iba a permitir que la
vacilaran de esa forma, estaba despierta y sabía muy bien lo que
decía.

- ¡Ya está bien, Rómulo! ¿Cómo me dices que no das
  conferencias? Si hemos leído en alto el primer párrafo de…
  déjame decirte el título… - Celeste buscó en su ordenador el

pedf y no estaba en el escritorio que es donde lo había dejado pero hizo memoria y se acordó de él - "Los nuevos usos de los… ordenadores cuánticos y… su impacto en los pescadores de la costa occidental".

Rómulo comenzó a reírse, como si le hubieran contado el mejor chiste del mundo.

- Vale, Celeste, ¿qué quieres? ¿Dinero?
- ¿Dinero?
- Sí, porque estoy a dos velas.
- No, quiero que me expliques por qué la gente actúa como si yo no supiera lo que digo.
- Celeste, llevamos… déjame pensar… ¡veinte años sin hablar! Y ahora me vienes con conferencias… Eso ya es agua pasada, y yo trabajo pintando casas. ¡Es que de verdad! Si no es para partirse dime tú…

Celeste miró la pantalla de su ordenador y colgó, sin decir una palabra más.

En la esquina inferior de este era viernes, sí, alrededor de las siete y pico, correcto, pero… ¡El año no era en absoluto el que ella estaba viviendo! Era… ¡Lo que Rómulo había dicho! ¿¿Veinte más?? Se levantó de la silla con palpitaciones, fue hasta las estanterías donde estaban sus retratos, ahí estaban todos pero… ¡había alguno más! Ella con algún otro artista que ella no recordaba y algunos personajes más que desconocía también. Por lo demás todo seguía igual en su despacho, fue corriendo hasta el baño a echarse agua en la cara…

Un grito de espanto resonó entre las cuatro paredes de este, Celeste no podía creer lo que veía ante el espejo, su rostro ahora estaba algo más arrugado, no mucho más, pero había signos de cierto envejecimiento, ¡era absurdo! No podían haber pasado veinte años, ¿qué broma era esa? Ella se había echado…

¡Una siesta! De tan solo unos minutos y ahora despertaba veinte años después. Lo raro no era eso, porque podía haber caído en coma, lo extraño era que no despertaba en un hospital rodeada de tubos, o frente a un médico, estaba en su propia sofá, sola, y en sus estanterías había fotos nuevas. Su vida hasta ahora había sido trabajo y más trabajo, llamadas, planificaciones, cronogramas, palabras, y más palabras, pero… ¿Qué otra referencia había en su casa que pudiera mostrarla el paso del tiempo? ¡A parte de su rostro! Porque… ¡Menuda pesadilla!

Y era eso lo que no la permitía pensar… Verse frente al espejo, viendo una cara que no la representaba, en un tiempo que no le pertenecía, se llevó las manos a las sienes y estiró con sus manos para notar cómo su piel volvía a ser tersa como antes de echarse a dormir. ¡Se ahogaba! ¡Se ahogaba! No podía concebirlo… corrió a la cocina a asomarse a la ventana, buscando un poco de aire limpio. Asomó su rostro con los ojos cerrados dando bocanadas… "¡Aire! ¡Aire!" Y de pronto una voz dijo: "¿Celeste? ¿Qué te pasa?" Al abrir los ojos le vio, era él, ¡él! Era Lorenzo, ¡Lorenzo! También con el rostro algo envejecido. ¡Su amigo del alma!

- ¡Lorenzo!
- ¡Celeste!
- ¡Lorenzo!
- ¡Celeste!
- ¿Qué me pasa?
- Nada, estás tan bella como siempre…
- No, eso no es verdad, soy vieja…
- No eres vieja… ¡Eres la mujer más bella del mundo!
- Pero… ¿recuerdas? Recuerdas que… Yo me eché a dormir y tú… Me… Me deseaste dulces sueños, ¡lo recuerdo como si hubiera ocurrido hace unas horas! - decía Celeste entre lágrimas, cayéndole por las mejillas.

- No llores, amor. No vuelvas a llorar nunca…
- ¿Amor? ¿Por qué me llamas así?
- Porque nos amamos, ¿o es que no me amas?
- Pero… ¿Tú y yo?
- Sí, somos amantes, y… hace un rato que te estaba esperando para que pasaras a mi casa, hoy íbamos a tener una cena fabulosa y luego saldremos al teatro.
- No… no recuerdo nada… ¿en serio? - dijo Celeste, suspirando, sintiendo que los mejores momentos se le habían ido en un suspiro.
- Claro, Celestita, pasa a mi casa, anda, no quiero verte más así…

Celeste cerró las ventanas y salió de su despacho, cruzando el pasillo de vecinos hasta… su nuevo hogar.

Bartolomé

El sol ardía salvaje, sin piedad, haciendo a los esclavos sudar jarros de agua sobre el estéril suelo. Se miraban reconociendo sus míseras vidas, sin otro sueño que descansar, cuando el sol se fuera, sobre duros suelos recubiertos de paja. El patrón, bajo su sombrero, les azotaba para recordarles que la pausa solo era otro sueño, pues él era el que decidía cuándo podían detenerse en el arduo día, cavando zanjas…

Uno de los esclavos cavaba con más fuerza que otros el patrón se acercó para señalarle y gritar: "Así quiero veros, como este demonio…" El esclavo paró durante un momento y mirándole dijo: "¿Puedo beber un poco de agua, mi señor?". El patrón dijo: "Agua para el más trabajador, claro que sí, ven conmigo". Ambos se fueron andando hasta la caseta, próxima a la zona de trabajo. El resto era vigilado por otro hombre quien al grito de "¡Trabajad, puercos!" les iba azotando. Al llegar a la caseta, que era pequeña, con una puerta y una ventana, entraron, había una mesa y unas botellas con dos sillas.
- Siéntate, quiero hablar contigo - dijo el patrón señalándole una silla.
- Gracias, mi señor, pero con un poco de agua es suficiente.
- Ya, pero quiero hablar contigo, siéntate.
El esclavo retiró la silla sacándola de la mesa y se sentó con lentitud, esperando que en cualquier momento le dijera lo contrario pues el patrón no destacaba por su generosidad.

- He estado viendo que trabajas duro, a pesar del calor y de los latigazos no paras nunca, eres… como una roca… No te he visto un día cansado. ¿Qué te lleva a trabajar así?

- Mi señor, con su permiso, trabajo porque es mi deber.

- ¡Ah, patrañas! Ja, ja, ja… He escuchado esa frase durante años, y nunca he visto un esclavo como tú - el patrón le acercó una botella de agua - Bebe toda la que quieras.

- Gracias, mi señor - El esclavo empezó a beber con ansia, chorros de agua le caían por las comisuras, al rato sació su sed.

- ¿Estaba buena?

- Sí, mi señor.

- ¿Cuál es tu nombre?

- Bartolomé.

- Bartolomé, antes de que te vayas, querría saber un poco de ti.

- ¿Qué quiere saber, mi señor?

- ¿Eres creyente?

- Sí, mi señor.

- ¿En qué crees?

- En Emtú.

- ¿Emtú? ¿Qué es eso?

- Es la religión de los esclavos de aquí, mi señor.

- ¿Y es Emtú lo que te da fuerzas para trabajar como un demonio? - El patrón se puso a reír a carcajadas.

- No, mi señor. Trabajo porque tengo que trabajar.

- ¡Tus compañeros no trabajan como tú! - dio un puñetazo serio sobre la mesa y mirándole añadió - ¡Y yo quiero que trabajen todos como tú! - señalando hacia fuera dijo - Si esos puercos trabajaran como tú el trabajo se haría en medio año o… menos. ¡Pero son vagos! Se hacen los cansados, porque piensan que no me daré cuenta pero no soy estúpido… ¿Tú crees que yo soy estúpido, Bartolomé?

Bartolomé se sintió intimidado por el patrón, no supo qué contestar durante unos segundos.

- No, mi señor. Usted no es estúpido, mis compañeros hacen… lo que pueden, es un trabajo muy duro, mi señor.

El patrón puso un semblante nervioso, apretando sus mandíbulas con fuerza, como si estuviera a punto de estallar en un ataque de ira, entonces empezó a balbucear unas palabras como si las retuviera, sin dejarlas escapar del todo de su boca.

- Bar… to… lomé… Te he traído… aquí… para… darte de beber… y tú… me estás diciendo… que tus… compañeros… ¿hacen lo que pueden?… Estás… diciendo… que yo… precisamente yo… - dio un puñetazo sobre la mesa con fuerza - ¡soy un estúpido! ¡Un estúpido que cree que me engañan, cuando en realidad… hacen lo que pueden! ¿Eso me estás diciendo, Bartolomé?

- No, mi señor, o… yo… yo quise decir que… el trabajo es muy duro…

El patrón cambió su expresión, mostrando una sonrisa y señalándole, como divirtiéndose:

- Te estoy tomando el pelo, esclavo - luego dio palmadas sobre la mesa mientras se reía a carcajadas. El esclavo arqueó sus cejas y dijo "Oh" confundido.

- Quería ver lo que pensabas de tus compañeros, que eras un… ¡Esclavo íntegro! ¡Un amigo de tus compañeros! ¿Sabes lo que quiero decir?

- No, mi señor.

- Oh, vamos, Bartolomé, te creía más despierto… ¿Quieres whisky? Tengo Whisky en ese armario de ahí - El patrón señaló un rincón oscuro de la caseta. El esclavo miró hacia el rincón pero no veía nada - Oh, está ahí el armario, solo que no se ve desde aquí, hazme un favor, ve y traes la botella mientras te explico qué quería decir con que eres un esclavo íntegro.

- Sí, mi señor.

El esclavo se levantó con movimientos lentos, asustado, temía que el patrón hiciera algo como pegarle o azotarle mientras él caminaba, dándole la espalda, hasta el rincón oscuro, donde estaba el armario que él no veía, y en el que el patrón aseguraba tener una botella de whisky. El esclavo empezó a caminar hacia el rincón y el patrón comenzó a hablar en un tono normal, sin mostrarse agresivo en sus palabras:

- Bartolomé, un esclavo íntegro es un esclavo que cuando le cuente que sus compañeros mienten él no me diga "Lo sé, mi señor, son unos vagos, debería azotarles más" ¿comprendes lo que quiero decir?

- Sí, mi señor.

Bartolomé llegó al rincón oscuro y seguía sin ver nada. Presentía que el patrón en cualquier momento empezaría a reírse gastándole una broma cruel, como acababa de hacer.

- Mi señor, no veo el armario.

- Eso es porque…

El esclavo empezó a escuchar los pasos del patrón acercándose hacia él.

- Tienes que agacharte, Bartolomé, ponte de rodillas y verás ahí el armario.

El esclavo se agachó sumiso y el patrón dijo:

- Ahora estira los brazos hacia el rincón oscuro, verás que está ahí el armario.

Cuando el patrón había terminado la frase estaba justo detrás de él, de pie, hablándole con tranquilidad.

El esclavo estiró los brazos y comprobó que allí había un armario bajo como le había dicho el patrón.

- Sí, aquí está.
- Bien, abre la puerta y saca la botella de whisky,
- Sí, mi señor.

Cuando hubo sacado la botella el patrón le ordenó que se pusiera de pie y se diera la vuelta. Ambos quedaron frente a frente en el rincón oscuro. El patrón a escasos centímetros de su cara dijo:

- ¿De dónde sacas la fuerza, Bartolomé? Dímelo.
- Yo… Mi señor, yo… trabajo duro, solo eso.

El patrón volvió a mostrar un rostro enojado y dijo:

- No quiero esa respuesta, maldita sea. Quiero que me digas la
  verdad, dame la botella.

El esclavo le entregó la botella y el patrón se dio la vuelta para volver a la mesa. Cuando vio que el esclavo le seguía se dio la vuelta y dijo:

- ¡Ah, no, no, no! ¡No te he dicho que me sigas, Bartolomé! Al
  rincón oscuro, te quedarás ahí castigado hasta que no me digas
  la verdad. Así que… da un paso atrás y siéntate en el armario.
  Estarás ahí hasta que me digas de dónde sacas tus fuerzas.
- Pero… Mi señor. Es la verdad.

El patrón empezó a reírse a carcajadas. Cuando terminó dijo, señalándole:

- ¡Ah, diablillo! ¡Tú lo que quieres es beber whisky conmigo en la
  mesa, eh? No os conoceré yo a los de vuestra calaña…
- No, mi señor, es la verdad… No le miento. Trabajar es mi deber.

El patrón le señaló nervioso mientras daba un trago a la botella.

- ¡Eso no me vale, Bartolomé! Piensa otra respuesta… Siéntate
  ahí y cuando la tengas me dices, ¿eh?
- Bu… bueno, mi señor.

El esclavo se sentó mansamente sobre el armario del rincón oscuro, desapareciendo de la vista del patrón.

- ¿Sigues ahí, Bartolomé?

- Sí, mi señor.

- Bien, pues a pensar… Me voy fuera, y no quiero que te muevas de ahí.

El patrón echó otro trago y dejó la botella sobre la mesa. Luego abrió la puerta de la caseta y se fue fuera.

La caseta se quedó en silencio. No se oía ni siquiera la tenue respiración de Bartolomé. Solo el ruido de los picos sonando fuera, golpeando contra el suelo al grito del ayudante del patrón. Enseguida empezó a sonar de nuevo la voz del patrón gritándoles "¡A trabajar, vagos mentirosos!", oyéndose latigazos.

Al rato se volvió a abrir la puerta de la caseta, era el ayudante del patrón, un chico mucho más joven que el patrón, acompañado de una chica. La puerta se cerró y ambos jóvenes quedaron dentro, cerca de la mesa.

- ¿Qué haces? El patrón podría venir…

El chico empezó a meterla mano por debajo del vestido.

- No vendrá, sabe que estamos aquí…

- ¿Sabe que estás aquí metiéndome mano? - dijo la chica sorprendida, separándole de ella con las manos.

- Oh, venga… Déjame solo un poco… Llevo mucho sin verte…

- Me dijiste que viniera a traerte la comida y aquí está - La chica puso una cesta sobre la mesa.

El chico se abalanzó sobre ella y con ambas manos la rodeó:

- ¡Mi comida eres tú!

- Ay, quita… No estoy de humor… - Ella le volvió a separar de nuevo.

- Oh, vamos… es la hora de comer y el patrón sabe que venías, le dije que comeríamos aquí.

El chico cogió de la mesa la botella y le dijo mostrándosela:

 - Mira, hay whisky, ¿no te gustaría un poco?

- No, solo quiero comer.

- Solo quierooo comeeer… - repitió él, imitando su voz, burlándose de la chica - Qué chica más fina… No bebeeee whisky, eso solo es para hombreees…

La chica sonrió con malicia y quitándole la botella con orgullo le echó un buen sorbo, luego dijo:

- ¿Ves, niño? Bebo whisky.

- ¡Esa es mi chica! - dijo él, cogiéndola de las nalgas y besándola.

Ella reaccionó con vergüenza.

- ¡Ay, quita, podrían vernos!

El joven se separó y dijo mirando para todos lados:

- ¿Vernos? ¿Quién nos va a ver? Aquí no hay nadie… Solo tú y yo… Y si alguno de esos esclavos entrara aquí… - apretó la mandíbula, enfadado - ¡Le reventaría la cabeza con un pico!

- ¿Pero por qué dices eso? Si no te han hecho nada…

- Digo si te pusiera un dedo encima.

- Anda, tonto, nadie me va a poner un dedo encima… Sentémonos a comer.

Ambos jóvenes se sentaron y comieron sin ningún contratiempo más.

A la media hora se fueron de la caseta y unos minutos después entró el patrón. Paseaba enérgico, secándose el sudor de la frente. Luego cogió la botella de whisky de la mesa y dio un sorbo, luego mirándola dijo:

- ¿Has bebido de la botella, Bartolomé?

Desde el rincón oscuro no se escuchaba nada. El patrón empezó a reírse, luego empezó a bromear:

- Chico malo, no lo puedo creer… ¿has tenido la valentía de venir hasta la mesa cuando estabas castigado? Hum… muy mal, Bartolomé… O Espera… No me digas nada… Ya sé por qué viniste… ¡Porque tenías una respuesta y tú mismo te quitaste el castigo!… - el patrón reía a carcajadas - Claro, qué estúpido he sido… ¡Cómo no he caído! He sido estúpido una segunda vez, sí… Porque ya he sido estúpido antes, pensarás, por lo de tus compañeros mentirosos… Bueno… pues… - El patrón echó otro sorbo a la botella y se sentó encima de la mesa de un salto con las piernas abiertas - Ya se acabó el tiempo, así que… dime cuál es tu respuesta a… Mi pregunta… Sé que ESO es lo que te ha dado fuerzas de venir hasta la mesa a beber de mi botella… así que dime… ¡contéstame ya!… ¡Estoy esperando!…

El silencio persistía, como si las palabras del patrón resonaran en la caseta como un monologo sin sentido.

- Bartolomé, dime… ¿De dónde sacas las fuerzas?…

Pero no respondía.

El patrón se levantó de la mesa y caminó con lentitud hacia el rincón oscuro. "¿Bartolomé?"

Cuando le quedaba un paso tan solo, miró aquel rincón que tan bien conocía, aquel rincón en donde él escondía sus botellas de whisky. Era imposible verle porque ese rincón estaba muy bien estudiado, no recibía un solo rayo de luz, era el mejor escondite que el patrón había encontrado en su vida y le divertía mucho pensar que Bartolomé estaba allí en silencio, castigado, como un niño malo.

"Seguro que te dormiste, diablillo, puedo oír tu respiración…"

38

Alargó una mano, introduciéndola en la oscuridad, para palpar el rostro del esclavo sentado encima del armarito, como él le había ordenado; pero cuando lo hizo, allí…

No había nadie.

Tren expreso

El tren expreso viajaba como una flecha. Podía verse la humareda que la locomotora iba dejando recortada en el cielo oscuro, abriéndose paso entre paisajes de árboles y escarpadas montañas. Las ventanillas estaban empañadas por el frío exterior y el señor B. un hombre de unos sesenta años, vestido con chaleco, pajarita y un gran bigote que le dotaba de un aire intelectual leía su periódico concentrado gracias al silencio que reinaba en su compartimento. De pronto se abrió la puerta y apareció una señora con un vestido azul y un gran sombrero.

- Buenas noches, ¿le molesto si me siento aquí?

- No, por favor, tome asiento - dijo el señor B. educadamente. La señora se sentó justo enfrente, y este siguió sumergido en su lectura. Ella sacó del bolso un espejo y se miró mientras se echaba unos polvos en la cara con una pequeña esponja. Volvió a abrirse el compartimento y apareció un hombre de mediana edad, su aspecto era desaseado, sin afeitar y desprendiendo un profundo olor a sudor, pelo grasiento, chaqueta con agujeros, parecía un pobre que viviera en la calle.

- Perdonen, ¿les importa si tomo asiento? La señora levantó la vista del espejo y tras verle puso una cara de desprecio, luego miró al señor B. Este despegó sus ojos del periódico y dijo:

- Caballero, están ocupados estos asientos, tendrá que buscarse otros.

El hombre, en la entrada, les miró a ambos con mirada enojada y dijo:

- Está bien, que tengan buena noche.

Y la puerta se cerró de forma rápida haciendo un molesto ruido.

- Es increíble cómo sube cualquiera al expreso. Deberían de subir el precio de los billetes - dijo la señora con aires de burguesa refinada.
- Señora, la vida moderna ha permitido ciertos lujos de los que todo el mundo se beneficia, los trenes no son solo para ricos.
- Pero aquí, por favor, no me negará que ese hombre no tiene dinero para subirse a este tren.
- No le niego que pueda ser un polizón, por eso no le he dejado pasar, sé a lo que se refiere.

El hombre continuó leyendo el periódico mientras la mujer hablaba:

- Tengo un primo que tenía un sirviente que despidió, este intentó buscar trabajo pero era bastante malo, así que acabó en la pobreza mendigando por las calles, un día mi primo estaba en un tren como este, de camino a casa de sus padres, y se quedó dormido en cierta parte del trayecto, cuando despertó tenía enfrente sentado al sirviente, este tenía en su mano una navaja y le amenazó con clavársela, sí, como le estoy diciendo, si no le daba todo el dinero que llevaba, mi primo intentó hacerle razonar, pero era bastante cerrado de mente, fue uno de los motivos por los que le despidió, el ex sirviente le alzó la navaja y le dijo, me acuerdo perfectamente de la frase porque menuda frasecita.
- ¿Qué es lo que le dijo? - dijo el señor B. levantando la mirada del periódico interesándose en el relato.

- Le abriré por la mitad y le sacaré hasta el último órgano para comérmelos en la cazuela.
- Sin duda que era un psicópata su sirviente, hizo bien en despedirle. Supongo que su primo le dio el dinero.
- ¡Hasta se llevó el reloj de oro que llevaba encima! Un regalo muy preciado de nuestro abuelo.
- Señora, debo reconocer que su primo tuvo muy mala suerte, pero no todos los pobres son ladrones ni todos los ladrones son pobres, piense en esto que le digo.

El hombre continuó leyendo el periódico y la mujer se calló mientras miraba por la ventanilla del compartimento perdiéndose en sus pensamientos.

A la media hora entró el revisor.
- Los billetes, por favor.
- ¿Sabe por qué hay tanto alboroto por los pasillos? - dijo la señora, sacando su billete del bolso.
- Está viajando en este tren el príncipe R, señora - contestó el revisor.
- ¿El príncipe R? ¿Y qué hace en este tren? - preguntó el señor B. mientras entregaba su billete, sacado de debajo de su chaqueta.
- Se dirige a la inauguración de una exposición dedicada a su familia en la ciudad de P.
- ¡Qué interesante! - dijo la señora sonriente - ¿Y se puede ver a ese príncipe?
- Creo que está en el vagón restaurante en este momento, si se da prisa podrá verle en persona. Gracias por los billetes, señora y señor. Que tengan buen viaje.

El revisor cerró la puerta y se fue por el pasillo. La señora parecía algo inquieta, exaltada. No tardó en hablar de nuevo al señor B.
- Por cierto no me he presentado, me llamo L. ¿Y usted?

- Yo soy… B, señora L. Encantado de conocerla.
- Oh, ¿no será usted el famoso detective B?
- Soy ese detective, pero no tan famoso como piensa.
- He oído hablar mucho sobre usted.
- ¿De veras? ¿Y qué ha oído exactamente?
- Que ha resuelto casos imposibles en los que la policía estaba desesperada y usted dio con la solución, cosas así, señor B.
- A veces la solución está simplemente ahí, y nadie la ve. Solo hay que saber mirar, señora L. No hay más secreto que ese.
- Estoy deseando ver a ese príncipe, ¿por qué no me acompaña al vagón restaurante? Le invitaré a un té si me acompaña.
- ¿Me está sobornando, señora L?
- Ni hablar. Una señora como yo no puede andar sola en este tren, solo tiene que recordar al hombre ese que intentó entrar en nuestro compartimento.
- Está bien, le acompañaré.

Ambos salieron al pasillo y avanzaron varios vagones hasta el vagón restaurante. Estaba lleno de pasajeros, las mesas estaban abarrotadas de conversaciones, copas y sándwiches. En una de las mesas estaba el príncipe R. junto a una dama, la cual iba con un precioso traje verde y algunas joyas. En las mesas de al lado estaban los guardias que los custodiaban. La señora L. vio un brazo agitándose al fondo del vagón, era un hombre con traje y sombrero sentado en una mesa junto a otra dama.
- Señor B. No lo puedo creer.
- ¿Ha visto ya al príncipe?
- Sí, desde luego, pero… Acabo de reconocer a alguien allí saludándome, ¿lo ve?
- Sí, aquel hombre que agita el brazo como si limpiara una ventana enérgicamente.

- Ja, ja, ja ¡Qué gracioso es usted, señor B.! Vayamos allí, creo
  que me dice que hay sitio.

La señora L. y el señor B. atravesaron el vagón entero pasando por
delante de la mesa del príncipe, al llegar al final del vagón el
hombre que la saludaba se levantó y comenzaron a hablar:
- ¡Qué casualidad, mi prima del alma!
- Primo J. No lo puedo creer, ¿qué haces aquí?
- Voy a ver a mis padres. ¿Y tú?
- Yo voy a visitar a una amiga - la señora L. miró al detective -
  Déjame que te presente al señor B, el famoso detective del que
  todo el mundo habla.
- Encantado, señor B, he oído hablar de sus hazañas - dijo el señor
  J. extendiéndole la mano al detective - Soy J. el primo de la
  señora L.
- Oh, encantado, ¿no será usted el primo que tuvo el infortunio de
  ser robado por un antiguo sirviente en un tren?
El primo comenzó a reírse. El detective le miró extrañado:
- ¿De que se ríe? ¿He dicho algo divertido?
- Oh, en absoluto, fue la peor de las experiencias pero… Es que
  acabo de comprobar que mi prima no se calla nunca.
- Es un viaje muy largo, de algo hay que hablar - contestó su
  prima sonriente.
- Por favor, siéntese - dijo J. señalando la mesa. En esta había una
  dama, con sombrero violeta, y un libro entre sus manos.
Los tres tomaron asiento.
- Esta es la señorita W. Estábamos hablando de los museos y
  monumentos de la ciudad de Q.
- Me encanta la historia, podría estar días enteros leyendo sobre
  ella - dijo la señorita W.

44

- La historia es apasionante, nos enseña muchas cosas, sobre todo los errores y aciertos de los hombres - expuso el detective B. leyendo la carta del restaurante - ¿No hay sándwiches de pato aquí?

- ¿Come pato, señor B? Nunca lo hubiera pensado - preguntó la señora L.

- Siempre que puedo, es un sabor ciertamente peculiar.

El señor J. se llevó la servilleta a la boca y eructó.

- Lo siento, damas y caballeros. Acabo de tomar ajo y me sienta realmente mal. Si me disculpan, voy al baño un momento - contestó, levantándose de la mesa.

- Una cosa menos que pedir - bromeó el señor B.

El señor J. se alejó por el vagón restaurante y el detective continuó la conversación con las damas.

- ¿Habéis visto al príncipe? ¿Quién le acompañará? - dijo la señora L.

- Es la duquesa de Da. - contestó la señorita W. mientras absorbía una taza de té - dicen que se conocieron en la fiesta de cumpleaños que celebró el año pasado en su mansión de Y. Ella posee una de las mayores fortunas del país. Si es verdad que es su prometida… Se unirán dos de los más antiguos e importantes linajes de este país. Por sus venas corren grandes personajes de la historia, desde el general Sh. que logró derrotar a los K. en la batalla de los mil cañones, hasta el gran duque de Zo. que gobernó con mano sabia y firme y unificó varios reinos, sin olvidar al gran conquistador Ma. ¿Os imagináis si tienen hijos? Tendrán más dinero y poder que la mayor nación de la Tierra.

- Sin duda es usted, señorita W, una de las mayores historiadoras con las que me he encontrado en un tren. Creo que me pediré la pasta, tengo ganas de pasta… - dijo el detective B. cerrando la carta.

El camarero se acercó para tomar la comanda. En ese momento la duquesa de Da. lanzó un grito. Todos los pasajeros se giraron para ver qué sucedía.

- ¡Oh, Dios mío! Mi anillo de diamantes, lo tenía puesto… ¡Y ahora no está!
- ¿Estás segura, querida? - dijo el príncipe sorprendido.
- Estoy más que segura. Lo tenía en este dedo - contestó ella señalándose el dedo corazón de su mano izquierda.

El príncipe miró a sus guardias y estos se pusieron de pie de inmediato, uno de ellos, que parecía el jefe, se acercó al príncipe y este le susurró algo al oído. Después el jefe de los guardias fue a hablar con el revisor. Pasado unos segundos el revisor cerró las puertas del vagón restaurante y dijo en voz alta:

- Atención, damas y caballeros, queríamos informar que la duquesa ha perdido su anillo y se va a proceder a hacer una búsqueda por vagones, por ahora no podrán salir de este vagón.

Un pasajero, grueso, calvo y con gafas que estaba comiendo un bocadillo de gran tamaño dijo indignado:

- Yo no tengo la culpa de que haya perdido ese anillo, ¿y si quiero salir para ir al baño?
- Más respeto que estamos hablando de una duquesa - le contestó una anciana, sentada en una mesa próxima a él.
- Yo debo bajarme en la próxima parada. Tengo mi espectáculo de magia esta noche en Str. y no puedo saltármela - afirmó un joven vestido con un traje estrafalario.
- No se preocupe - dijo el revisor - el tren se va a detener, así nadie perderá su parada.

La mayoría de los presentes empezaron a protestar. El revisor intentaba aplacar el bullicioso ambiente de quejas constantes. Al momento el tren empezó a frenar y en unos segundos quedó parado en medio de un paraje de montañas y bosques.

- Hace frío, no podemos quedarnos aquí parados mucho tiempo o
  moriremos - exclamó una señora con un gran abrigo de piel.
- Por favor, miren en sus mesas, arriba, abajo, en sus bolsos, en
  sus abrigos, se está haciendo una búsqueda igual en todos los
  vagones y se está pidiendo a todos los pasajeros lo mismo - dijo
  el jefe de los guardias en voz alta - Ese anillo es propiedad de la
  duquesa.
- Pero no solo es esa la razón por la que debe aparecer - dijo el
  príncipe - sino porque es un símbolo de poder para toda la
  nación. Ese anillo representa momentos claves de la historia…
  No vamos a enumerarles todos pero decirles que…

La señorita W. levantó la mano, como si estuviese en una clase de
la escuela, y dijo, poniéndose en pie:

- Yo lo sé, lo sé, sé lo que representa, seguro que es el anillo de
Hep. el que se hizo como símbolo de paz entre los imperios de
Con. y Bra. Ese anillo pasó de dinastía en dinastía y siempre ha
traído buen augurio a todo el que lo ha llevado.

El señor B. observaba todo con atención y en silencio. La señora L.
dijo en voz alta:

- Es una vergüenza que tengamos que retrasar nuestro viaje por un
  anillo que… ¡ni siquiera es nuestro!
- ¡Por supuesto que no es nuestro! - respondió la señorita W. - Eso
  es un sueño imposible para cualquiera mujer. Pero debemos
  encontrarlo porque es un símbolo.
- Exacto, es un símbolo, y como símbolo hay que respetarlo y
  protegerlo, o esta noticia podría afectar a la seguridad de toda
  una nación - dijo el jefe de los guardias - Busquen, por favor, en
  todas partes, debe aparecer.
- ¡Yo sé quién ha sido! - gritó de nuevo la señora L. levantando la
  mano.

Todo el vagón se giró para mirarla, incluida la duquesa de Da. y el príncipe.

- ¿Quién lo tiene? - preguntó el jefe de los guardias.
- He visto a… Un polizón. Intentó entrar en nuestro compartimento, tenía un aspecto deleznable, olía mal, sus formas eran toscas y… se podía oler a kilómetros de distancia que quería robarnos… El detective B. no le dejó entrar, ¿no es verdad detective B.? - dijo la señora L. mirándole.
- ¿El detective B.? - preguntó el príncipe en voz alta.
- Oh, ¿es usted el mismísimo detective B.? - dijo la duquesa sonriéndole.

Este encendía su pipa mientras tanto. Se tomó su tiempo en contestar.

- Alteza., Duquesa de Da., es un honor poder conocerles.
- Por favor, no me llame alteza, príncipe R. es suficiente. Su fama le precede, detective B. Nunca hubiéramos pensado que íbamos a tener tan mala suerte pero a la vez tan buena suerte.
- Gracias, príncipe R.
- Estoy desolada, ese anillo era de mi familia y… Significaba tanto para mí.
- Para usted, condesa, y… para otros, ese anillo puedo afirmar sin error a equivocarme que, como ha dicho la señora L, ha sido robado.

Todos los pasajeros soltaron exclamaciones de sorpresa, cuchicheando entre ellos.

- ¡Ha sido ese polizón! - gritó la señora L. - Dígaselo a la duquesa.
- Señora L. ¡Qué manía tiene con ese polizón! Vayamos por partes… – contestó el detective.

En ese momento alguien aporreó la puerta que daba paso al vagón restaurante. A través del cristal podía verse a un guardia llevando a un hombre agarrado. El revisor abrió la puerta y pasaron todos al interior. El guardia dijo al jefe de estos:

- Señor, este hombre es un polizón y se cree que entró para robar.
- ¡Ve! ¡Lo que yo decía! - gritó la señora L.
- Desde luego que huele mal y pinta muy buena no tiene - dijo la anciana.
- ¿Robar? ¿Quién lo dice? - preguntó el jefe de los guardias frunciendo el ceño.
- Lo dice este otro hombre que lo conoce - El guardia se apartó dejando paso a alguien que irrumpió en el vagón restaurante. Era el primo de la señora L, el señor J.
- Buenas tardes a todos, yo fui robado hace unos meses por un antiguo sirviente mío en este mismo tren. Entre mis bienes más preciados se encontraba un reloj de oro… Después del desafortunado robo le seguí la pista al sirviente haciendo averiguaciones de dónde podría estar, me costó mucho pero al fin descubrí que pertenecía a una banda de ladrones, entre los que se encuentra este otro hombre también. Al verle en el vagón esta tarde por los pasillos quedé tremendamente preocupado pues… sabía que nada bueno podía traer…
- ¿Qué pruebas tienes de que es un ladrón? - preguntó el hombre grueso, calvo y con gafas, alterado, mirando a J. y luego al hombre desaseado - ¿Acaso juzgan ahora a un hombre por su aspecto? ¿Es que no puede ser alguien que ha tenido un contratiempo o alguien que está pasando una mala racha?
- Porque mi primo ha dicho que pertenece a una banda de ladrones y doy fe de que lo que dice es verdad porque… ¡es mi primo y con eso ya es suficiente! Pertenecemos a una familia decente y respetable, ¿qué más quiere saber? - interrumpió la señora L.
- ¿Dónde está el anillo? - preguntó el jefe de los guardias.

- Evidentemente contaba con que mi historia no es suficiente para creerme, por eso quería que todos comprobaran cómo este hombre es un ladrón - dijo J. metiendo la mano en la chaqueta roída del pobre hombre y sacando el anillo de diamantes.

Todos los pasajeros empezaron a hablar a la vez, se formó un alboroto. La duquesa suspiraba y decía: "¡Mi anillo, es un milagro!". La señora L. miraba al hombre grueso, calvo y con gafas gritándole: "¿No ve como mi familia no miente?". Y este le respondía: "¡Pero hacían faltas pruebas, sobre palabras no se cimenta nada!". La señorita W. con las manos entrelazadas y feliz exclamaba: "¡Ha vuelto un símbolo a nuestra nación!". Y muchos otros pasajeros aplaudían y felicitaban a J. por su labor. El jefe de los guardias devolvió su anillo a la duquesa y el hombre desaseado fue arrestado pero justo cuando el tren iba a reiniciar la marcha el detective B. dijo en alto:

-¡Esperen un momento!

Todos le miraron.

"Oh" "¿Eh?" "¿Qué es lo que ocurre?"

El príncipe miró al detective y dijo:

- Díganos, detective, ¿tiene algo que decir?

- Sí, príncipe R. - luego miró a la duquesa - Duquesa - y se puso de pie saboreando su pipa - Es evidente que el anillo ha aparecido y felicito al señor J, con quien yo mismo compartía mesa hace unos instantes, por haber encontrado el anillo, sin duda alguna, es una buena noticia pero debo añadir que en cuanto al arrestado… Se equivocan.

"¿Qué?" "¿Cómo?" "¿Por qué dice eso?" Decían todos.

- Verán… En todos los años que llevo resolviendo casos he visto cosas imposibles de imaginar o creer, a veces me han llamado retorcido o desconfiado, a lo largo de cada una de mis investigaciones, pero siempre, al final, cuando ya nadie supo qué sucedió o… cómo fue cometido el crimen, he resuelto los casos y aquellos que me criticaban me acabaron dando la razón, ¿por qué? Preguntarán… Porque yo nunca he tenido amigos en cada uno de mis casos, todos son sospechosos, damas y caballeros - Todos se miraban entre sí - Y bien, no quiero aburrir al vagón con mis batallitas, la comida se está enfriando y debemos revelar quién cometió el robo…

- ¡Pero no hay misterio, detective! El ladrón ya ha sido descubierto - dijo el hombre con el vestido estrafalario.
- ¿No es usted mago? - preguntó el detective B. mirándole.
- Sí, lo soy.
- Pues debería creer en la magia o… Mejor dicho, en los trucos de prestidigitación que hay detrás de la magia.
- ¿Por qué lo dice? - preguntó el mago.
- Hum, me extraña que usted que es mago no se haya dado cuenta.
- ¿De qué habla? - preguntó este.
- Del truco que ha hecho el señor J. delante de todos.
- ¿Cómo? - dijo el señor J.
- Sí, señor J. usted ha metido el anillo en la chaqueta del… llamémosle, mendigo, y luego lo ha vuelto a sacar como si este anillo hubiera estado ahí todo el tiempo, pero usted y yo sabemos que eso no es cierto.
- ¡Es usted un mentiroso! - dijo indignado el señor J.
- ¿Cómo dice eso de mi primo? - exclamó la señora L. - ¿Es que no ha oído lo que le conté sobre el desafortunado accidente que sufrió en un tren? No es un desconocido, es mi primo.
- Por eso mismo, señora L, eso iba a explicar en este mismo momento, si me deja contarlo…
- Diga lo que iba a decir…

- Usted también está implicada en todo esto, y no me mire así…
  sí, señora L. veamos… - el detective saboreó su pipa un
  momento y continuó su relato - cuando se dio cuenta quien era
  yo, ya que usted no pensaba que yo estaría en este tren, pero me
  reconoció desde el primer momento, ¿no es cierto? - el detective
  B. lanzó una mirada desafiante a la señora L. - y es por esto que
  empezó a contarme esa historia de su primo en el compartimento
  para que yo pensara que él había sufrido un episodio muy
  desagradable en su vida, un sirviente le había robado a golpe de
  navaja en un tren, y que al encontrarme con él momentos
  después en esta mesa iba a empatizar con él y a considerar que
  era cualquier cosa menos un ladrón, pues él había sido robado,
  pobrecito… ¡y un ladrón no puede ser robado! ¿verdad, señora
  L?
- No entiendo nada de lo que dice, ¿cómo iba a saber que iba a
  encontrarme con mi primo en este tren si… ha sido una
  casualidad! ¿Verdad, primo?
- Casualidad fue encontrarse conmigo, señora L., su primo y usted
  subieron a este tren con el propósito de… ¡robar a la duquesa
  Da.! Y eso es lo que intentaré demostrar…
- Oh - dijo la duquesa - ¡Qué horror!
- ¡Mentira! - gritaron la señora L. y el señor J.
- Hay que aportar pruebas, no vale decir mentira, y eso es lo que
  yo voy a hacer en adelante - dijo el detective B. y mirando a la
  duquesa preguntó - Duquesa de Da. ¿Podría decirme si este
  hombre - señalando a J. - se acercó a usted o la saludó en algún
  momento del viaje?
- Déjeme pensar… ¡Oh! Es verdad, me crucé con él en el pasillo,
  porque yo iba al baño, y… ¡Me dijo que era un placer cruzarse
  conmigo!
- ¿La besó en algún momento?

- ¡Sí! ¡Me cogió la mano y me la besó! Yo pensé que qué hombre tan galante - El príncipe la miró algo sorprendido.
- Supongo que mientras pensaba eso le dio tiempo suficiente al señor J. para extraer el anillo sin que reparara en ello - dijo el detective - Es ahí cuando el plan iba a la perfección, el primo tenía el anillo y solo tenía que reunirse con la señora L. o quizás…. ¿iban por separado y se verían al bajar en la siguiente estación? Eso no puedo asegurarlo porque… son pequeños detalles sin importancia… ¿no? Pero cuando la señora L. se cruzó conmigo, casualmente, en mi compartimento, intentó de todas las maneras posibles que yo pensara que su primo era una buena persona y que un hombre con mal aspecto que quería sentarse con nosotros era un presunto ladrón, un vulgar polizón que realizaba hurtos en el tren expreso y así cubrirse las espaldas por si en algún momento… - El detective miró a la duquesa y dijo - ¡La duquesa se daba cuenta de la desaparición de su anillo! Y así ha ocurrido, muy bien, duquesa, se dio cuenta y no les dio tiempo a los ladrones de bajar en la siguiente estación.
- ¡Ah, sí? ¿Y si es así por qué le iba yo a invitar a sentarse en la misma mesa que mi primo, según usted, el ladrón del anillo? - preguntó la señora L. con suspicacia en su cara - Si yo fuese una ladrona huiría al verle, ¿no ve cómo todo es absurdo?
- Señora L. acabo de decir que no sé si usted y su primo se reunirían en el tren o al bajar de él. Pero… no es verdad, lo sé. Cuando usted se encontró conmigo fue casualidad, pero luego debía ir a ver a su primo en el vagón restaurante, pues era aquí donde se encontrarían una vez que se hubiera efectuado el robo pero, usted tuvo el mal presentimiento de que estando en este mismo tren con el famoso detective B, como usted me llamó, no podía estar tranquila si la duquesa descubría el robo. Así que pensó que ya que se había cruzado conmigo, debía llevarme

hasta la mesa, de forma natural, donde se encontraba su primo, porque así, si yo debía investigar acerca del robo, nunca sospecharía de ustedes por haber establecido, llamémoslo, un breve vínculo amistoso, ¿cómo iba a incluir a su primo y a usted en la lista de sospechosos? En cuanto me senté a la mesa y me presentó a su primo como el famoso detective del que todo el mundo habla, ya le estaba advirtiendo de que yo podía estropear todos sus planes, pero… al momento se levantó de la mesa aquejado por un exceso de ajo en su plato, y he aquí que pasamos a la segunda parte del plan.

- ¿La segunda parte del plan? - preguntó el príncipe - ¿Es que hay más?

- Sí, alteza, digo, príncipe R. debo decir que aquí no acaba todo, el primo se levantó temiendo que… ¿Puede averiguar el qué?

- ¡Que tenía que ir al baño, ya se lo dije! - dijo J.

- Es probable que tuviera que ir al baño por una pequeña molestia estomacal, pero ese no era el motivo principal, el motivo principal era prepararse para poner en práctica el plan si la duquesa se daba cuenta del robo, ya que probablemente los vagones quedarían aislados y nadie podría entrar ni salir de ellos y usted debía estar fuera para… ¿Qué podría ser? Buscar a un pobre inocente, y colocarle en la chaqueta el anillo, así él sería el ladrón y ustedes no podrían ser acusados, como casi ha sucedido, solo que… yo estaba aquí, que si no… hubiesen salido vencedores de este plan magistral, les felicito.

- Eso es absurdo - dijo el mago - ¿No ve que el anillo lo tiene la duquesa ahora? Nada habría funcionado.

- ¿No ve cómo dice tonterías, detective B.? - dijo con ironía J.

- Creo que el detective B. sabe muy bien lo que dice… - dijo la señorita W. - He leído mucho a Agatha Christie y siempre hay un giro inesperado, ¿verdad, detective?

- Verdad, señorita W, les demostraré con dos hechos irrefutables que el hombre que todos llaman mendigo no es un ladrón de ninguna banda que el señor J. hubiera descubierto indagando por las calles de su ciudad y el otro hecho que demostraré es que se hubieran llevado el anillo con ellos a pesar de que se encuentra en el dedo corazón de la duquesa de Da.

Todos empezaron a hablar en alto formándose un molesto ruido en todo el vagón. "¡Imposible!" "¿Cómo puede decir eso?" "¿Estará loco?"

- ¡Silencio, dejen hablar al detective! - dijo el revisor.

- Gracias, señor revisor. Veamos, el mendigo al que ustedes se refieren no es otra persona que… Mi ayudante - hubo exclamaciones de sorpresa - Y su nombre es ayudante H. ¿Estoy errando? - dijo el detective mirando al mendigo.

- No, señor B, voy disfrazado porque estábamos intentando seguir las pistas de una banda de ladrones…

- Exacto, y… gracias, ayudante H. Como acabas de decir seguíamos la pista de… ¡Oh, vamos! Señora L, señor J, no me miren así, ¿el cazador cazado? ¿No les suena esa expresión? Podría aplicarse a este caso... Ustedes cazan joyas y nosotros cazamos ladrones, es una elegante forma de decirlo, ¿no creen? Nos metimos en el tren porque sabíamos que el príncipe y la duquesa, que llevaría alguna valiosa joya, atraerían a esta banda que actúa justo en este mismo recorrido y… justo en este mismo tren expreso. No iba mal encaminado en decir que roban en los trenes, señora L, solo que no fue un sirviente de su primo sino su mismo primo el que robaba. Un detalle sin importancia. Pensamos que el mejor disfraz de mi ayudante era el de un hombre maloliente y mal vestido que va dejando pistas de que es un polizón con el fin de robar… Eso atraería sus miradas como, efectivamente, ha sucedido. Todos le han colgado el cartel de ladrón, era demasiado fácil. Pero gracias a eso mi ayudante, sabroso y apestoso trozo de queso, ha atraído a quien queríamos… ¡al ratoncito señor J! Precisamente él le ha metido el anillo en la chaqueta. ¿No es una idea genial?

- ¡No, no es una idea genial! - gritó atropelladamente el señor J. - Su… ¡Ayudante lo ha podido robar! ¡Ha podido robarlo! ¡Claro que sí! ¡Y yo le he descubierto! ¡He sido yo!

Todos se rieron.

- Por favor, señor J, ¿todavía quiere salvarse del naufragio? Es usted más optimista de lo que me pensaba.

La señora L. se llevó las manos a la cara y se puso a llorar.

- Vamos, vamos, señora L. que aún no he acabado. No monte este circo como diciendo a todos "Nos ha pillado" porque lo que quiere hacer es que todos crean que han pillado a los ladrones y que el anillo ha vuelto a la duquesa y eso no es verdad.

- ¿No es verdad? ¿Entonces qué es verdad? No haga llorar más a la pobre chica - dijo la anciana.

- De usted quería hablar… - dijo el detective - No sé si ha sido casualidad, pero me ha leído la mente. Antes de terminar quería comentarle algo que me ha llamado la atención.

- Dígame - dijo la anciana, mojándose los labios con la lengua, algo nerviosa.

- El otro día estuve en la función de… - El detective se dio la vuelta y miró al mago, el hombre del traje estrafalario.

- ¿En mi show? Oh, ¿de veras? ¿Y qué le pareció?

- Bueno, he de reconocer que soy un seguidor acérrimo de la magia, me apasiona desde niño cada espectáculo que veo, me pregunto qué hay detrás de cada cosa, porque siempre he sabido que la magia, como tal, no existe, o al menos… no para un detective como yo. Pues si existiera… ¡el anillo desaparecería de golpe del dedo de la duquesa y no habría pistas que seguir! je, je, sería un completo caos para la policía, aunque… No para mí. Porque… como le digo, he visto mucha magia y sé qué hay detrás de cada espectáculo…

- ¿Qué me quiere decir, detective? ¿Que no hago buena magia? - preguntó el mago.
- Oh, no, no… No estoy diciendo eso, el otro día como decía estuve en su espectáculo y siempre suele salir alguien del público para… Hacerlo más interesante y, yo, que nunca olvido una cara, no puedo quitarme la de… - el detective se dio la vuelta y volvió a mirar a la anciana - ¿Cómo se llama usted, querida?
- Me llamo… M.
- Bien, la señora M. subió al escenario a participar en un truco, creo que era… Algo así como adivinar cartas que ella guardaba en su bolso… ¿No era así su truco? - preguntó el detective al mago.
- Sí, así es pero… No sabía que esa señora había participado en mi espectáculo, es usted muy observador, detective.
- Oh, es normal, son muchas caras las que ve en su escenario o… debería decir… ¿Solo unas pocas? Porque… - el mago intentó decir algo pero el detective le paró, extendiendo la mano - porque… He estado una segunda vez, ¡una segunda vez dirán todos! ¿Qué hace el detective yendo una segunda vez a ver al mago? Buena pregunta. Fui una segunda vez, en una ciudad diferente, porque usted hace sus espectáculos en diferentes ciudades, y casualmente, todas son ciudades que tienen estación de tren, lo que es muy cómodo para su público, además he de añadir que… ¡por todas las ciudades pasa este mismo tren! Pero no nos perdamos en detalles sin importancia, fui a su espectáculo porque usted se publicita diciendo que en cada show incluye siempre un mínimo de dos trucos nuevos…. ¡Es así

como yo fui de nuevo a su espectáculo al ser un gran amante de
la magia! Y esto se lo digo desde el corazón. Entonces, fíjese
que vi otro truco, uno en que alguien del público escribe en una
pizarra cosas que se le ocurren y usted las adivina… ¿Adivina
quién subió ese día? - El detective se dio la vuelta y mirando a
la anciana dijo - Estuvo usted muy bien, señora M.

- ¡Muy bien, detective! - el mago se puso a aplaudir con
movimientos pausados - Ya me ha estropeado uno de mis trucos
pero… ¿Esto qué relación tiene con lo que ha sucedido hoy en
este tren?

- Oh, esto pasaría simplemente por una anécdota que yo cuento
para aliviar un poco… la tensión acumulada, sí, yo soy así, no
me gusta saturar el ambiente con crímenes y malas noticias, por
eso me gusta contar curiosidades de vez en cuando, ¿no le
parece original lo que hago?

- Sí, muy original - dijo el señor J. - ¿Y ahora qué va a hacer,
contarnos un chiste?

- No, ahora voy a comentar que en las dos ocasiones en que
estuve en el show de magia una señora, o señorita, ayudaba al
mago, iba pintada y llevaba otro gorro y atuendo…. Pero, como
nunca olvido una cara, sé que esa cara era la de… - el detective
se dio la vuelta y miró a la señora L.

- ¡Sí, es cierto, somos amantes! ¡Trabajo en su espectáculo! ¿Y
qué?

- Oh, nada, nada, solo que… Seguro que ha tenido tiempo el
mago de enseñar unos cuantos trucos a… tu primo para…
sustraer un simple anillo de una mano. ¿No es así, señor Mago?
El mago no contestó una palabra, tosió y bebió un sorbo de una
taza que tenía sobre la mesa.

- No diga nada. Es mejor crear un momento de suspense en todo
esto… Porque ahora es cuando viene… redoble de tambores, por

favor… ¡El truco final! He dicho antes que el plan les había salido a la perfección, incluso hasta este mismo momento, y que aun estando el anillo en el dedo de la duquesa el plan no tenía fisuras… ¿Cómo? Se preguntarán. Porque el anillo que lleva es una… ¡burda imitación, muy bien realizada, eso sí! Una imitación que el mago seguramente ha sabido conseguir de algún maestro joyero, pues nadie como un buen mago para preparar un buen espectáculo.

La duquesa gritó sorprendida, y se quitó el anillo. El príncipe lo cogió y lo observó con detenimiento.

- Hum, pues parece real.

El príncipe se lo dio al jefe de los guardias, quien lo mordió de manera basta y dijo:

- ¡Más falso que una moneda de cuero! ¡Guardias! Registradles…

Los guardias registraron al señor J, a la señora L. y al mago pero no encontraron nada.

- Entonces… ¿dónde está el anillo? - preguntó el príncipe R. extrañado.

- Sus guardias creo que no han oído o… tal vez no se atreven a… mirar en el bolso de una anciana pero… ¡si no está ahí el anillo real yo no soy el famoso detective B. ni aquel mendigo es mi ayudante H!

La anciana agarró el bolso con fuerza y dijo: "¡Quitádmelo, malditos bastardos, ese anillo es mío, me lo robaron los antepasados de esa duquesa!".

El detective B. se volvió a sentar, esta vez, en la mesa del príncipe y la duquesa, junto a su ayudante H, y se puso a saborear su desgastada pipa y una taza de té, mientras les contaba mil y una anécdotas a la realeza y el tren volvía a coger velocidad atravesando bosques y escarpadas montañas hasta llegar a su próxima parada…

El bosque os llama

Cada mañana la luz entraba por los ventanales iluminando la preciosa piel tostada de la joven, amanecía desnuda encima de su cama, con el pelo sobre su cara. La luz, deseosa de traer un nuevo día, atravesaba los ventanales de aquel lujoso chalet en medio de las montañas, y calentaba aquel cuerpo joven y perfecto dando color y reflejos sobre su piel, como hacía con los montes de árboles que había fuera y que rodeaban la gran casa...

- Es hora de despertar a la joven - dijo el mayordomo a la doncella.
- Sí, ya tengo el desayuno, subo ahora mismo - contestó esta atusándose el pelo.

Y mientras subía por las escaleras de color blanco que iban a la segunda planta, en el pueblo una furgoneta paraba en la gasolinera, bajándose dos chicas jóvenes junto a un chico. Una era rubia y la otra pelirroja. Iban vestidas con vaqueros y blusa, gafas en el pelo, la rubia llevaba una cámara colgada del cuello, la pelirroja miraba todo como si buscase algo. El joven iba todo de negro con el pelo alborotado, gafas de sol y bostezaba. Al entrar en la gasolinera el chico preguntó por el parque natural del *Verde Encierro*.

- ¿Vais al parque vosotros solos? - preguntó el gasolinero, con un palillo en la boca.

- No - contestó el chico - Yo voy hacia otro lado, las llevo a ellas - dijo, volviéndose para mirarlas.

Las chicas estaban mirando en la parte de la tienda chocolatinas y otras chucherías.

- Sí, queremos acampar allí - dijo la pelirroja girándose para mirarles - Nos han dicho que es uno de los parques más bellos del país.

- Bueno, en realidad quiero hacer fotos allí, soy fotógrafa - añadió la rubia, sonriéndoles.

- Ah, ¿fotógrafa? - preguntó el gasolinero - ¿Y qué tipo de fotos haces?

La chica puso cara de póquer, y arqueando las cejas dijo: "¿Fotos de parques naturales?"

- Claro, fotos de parques naturales - dijo el gasolinero riéndose - Es fácil, tenéis que seguir esta carretera.

El hombre marcó sobre un mapa que llevaba el chico de negro.

- Al llegar a este punto, ya solo se puede ir andando… Ahí sería el sitio donde deberías dejarlas. ¿Bien?

- Muchas gracias, me cobra el depósito lleno.

- Claro - el gasolinero bajó la mirada y pulsó las teclas de la máquina registradora - ¿Y tú? ¿Vas a algún lado?

- Oh, soy cantante, voy a un concierto.

- ¿Cantante? ¿De qué?

- De música independiente.

- ¿No me digas? ¿Tienes alguna canción famosa?

- Estoy empezando. Tengo un concierto a mil kilómetros de aquí. Y debo llegar antes de mañana.

- Hum - dijo el gasolinero, cogiéndose el palillo de la boca y sacándoselo - Pues vas a ir muy apurado si tienes que dejar a tus amigas…

- Bueno… No son mis amigas, vienen por una aplicación de móvil de viajes compartidos.
- Ah, comprendo… una de esas cosas modernas. Escucha, conozco a un tipo de fiar que las llevará al parque, así tú podrás ir por la carretera principal y no perderás tiempo para tu… Concierto.

El chico se quedó pensativo un momento, se giró y vio que las dos chicas habían escuchado el plan B. La pelirroja alzó sus hombros despreocupada: "Por mí vale". La rubia preguntó: "¿Y cuánto nos cobrará?".

- No tenéis que preocuparos, él… Es un guía del pueblo, no solo os llevará sino que os acompañará los días que estéis allí. Habladlo con él, suele ser bastante barato.

"De acuerdo" dijo la rubia.

La doncella acariciaba el pelo de la joven desnuda, dormida sobre la cama. Sus caricias eran lentas y delicadas, le cantaba una bella canción:

"Oh, mi Ariadna, despierta ya,
los rayos del sol han venido a calentarte
y tú aún sigues soñando…
Soñando profundamente…
bajo un frío invernal"

La joven abrió los párpados y dijo: "¿Ya es de día? ¿Qué hay de desayuno?"

- Lo que me pediste anoche para hoy.
- Hum - la joven cerró los ojos y resopló - No recuerdo qué te dije, ¿qué era?
- Me pediste filetes, tostadas y zumo de naranjas.

- ¿Filetes?
- Sí, querida.
- ¿De cerdo?
- De buey.
- Ah… - La joven se estiró bostezando, luego se puso de pie y alejándose desnuda hacia el baño dijo - Déjamelo en la mesa. ¿Algo en la agenda para hoy?
- Tienes que bajar al parque.
- ¿Otra vez al parque?
- Sí, necesitamos frutos rojos para un pedido de repostería. Vamos apurados de tiempo.
- Está bien… Pero quizás me llevé todo el día - dijo la joven metiéndose en la ducha y cerrando la cortina.
- No importa, Ariadna, te preparé algo para que te lleves.

Un joven fornido conducía un todoterreno con las dos chicas en la parte de atrás por una carretera que atravesaba una montaña.
- ¿Os parece bien el pack Turismo por el parque *Verde Encierro*?
- Me parece muy bien - contestó la rubia.
- No me habéis dicho vuestros nombres.
- Neera - dijo la fotógrafa.
- Tais - contestó su amiga pelirroja -¿Y tú?
- Yo me llamo Dédalo.
- ¿Pétalo?
- No, Dédalo.
- No lo había escuchado nunca, ja, ja.
- Pues… ¡ya lo habéis escuchado! Y ahora, podemos empezar el tour. Os iré diciendo, a vuestra derecha tenéis el famoso *Valle del Tupido Bosque*, tan frondoso es que apenas puede entrar la

luz para llegar al suelo, por el medio corre un pequeño río que no se ve pero ahí está, y… dentro de un momento llegaremos a los picos de *Los Vigilantes en la sombra…*
- Hum, menudos nombres, parecen de una serie de fantasía.
- Casi, ja, ja, ja.

Desde la terraza de la tercera planta del chalet podía observarse todo el parque, una imponente vista que parecía digna de un rey desde su castillo. El mayordomo miraba la magia de aquel lugar cubierto de montes arbolados, un poco más allá montañas que rodeaban un hermoso valle, en donde había frondosas copas de altos árboles. De pronto, inmerso en sus cavilaciones, notó un brazo rodeándole el suyo:
- Hola, ¿qué haces aquí?

El mayordomo se giró y la vio a ella, la doncella.
- ¿Ya ha desayunado?
- Sí.
- ¿Le has dicho lo de ir al parque?
- Sí, ya se lo dije.
- ¿Y?
- Ha dicho que irá. Saldrá en unos minutos.
El mayordomo la miró con una mirada firme y dominante, ella durante un momento le devolvió la mirada pero enseguida la bajó, como si no se atreviera a mirarle más.
- Debemos enviar el pedido de repostería pronto, el pueblo nos lo pide.
- Sí, Ariadna vendrá con todo, no te preocupes…. - La doncella se dio la vuelta y se alejó cabizbaja.

Como si llevara en su interior una carga iba triste, ensimismada, y
no como antes, cuando estaba con Ariadna y la cantaba. Derramó
una lágrima al abrir la puerta, pasó al interior. Se volvió y le miró a
él, el mayordomo, que estaba de espaldas, mirando en lontananza.
Luego fue hasta su dormitorio y se sentó en un banco que tenía
frente a su espejo. Allí se estuvo mirando un rato, con la mirada
perdida y las manos en su vientre. Tras unos minutos, se puso de
pie, y empezó con la rutina diaria en el chalet, como si todo
volviera a la normalidad.

En el *Valle del Tupido bosque* Dédalo caminaba con Neera y Tais,
ambas portando sus mochilas mientras el guía les iba explicando
como si fuera un libro abierto, curiosidades y datos de interés sobre
el parque natural del *Verde Encierro*. El todoterreno estaba
aparcado a una hora de allí y el plan era llevarlas hasta una cabaña
donde las chicas podrían acomodarse para pasar la noche, luego él,
antes del anochecer, se iría de vuelta al pueblo, y volvería al día
siguiente para llevarles a otro punto.

- ¿Entonces nos vas a dejar solas, chico valiente? - dijo Neera,
  mientras fotografiaba a un cervatillo bebiendo en el pequeño río
  que había allí.
- Je, je, claro que sí - contestó Dédalo - así es el pack contratado.
- ¿Y no hay un pack en que tú pases la noche con nosotras? -
  preguntó Tais.
- ¡Tais! ¿Cómo dices eso? - le reprendió su amiga.
- No, entiéndeme. No quería decir eso…
- ¿Eso? - preguntó Dédalo, con una media sonrisa.
- Quiero decir… Neera es una aventurera y ha venido aquí
  porque… Bueno, le van a pagar por sus fotos. Pero yo aquí soy
  la invitada y… No estoy acostumbrada a pasar la noche en un

sitio así - dijo la chica echando una vista hacia el cielo, lleno de ramas de árboles que apenas dejaban pasar la luz - Si esto es el día… ¡Jo! No quiero imaginar cómo será la noche.

- Tranquila, la cabaña tiene de todo, hasta cerrojo… No hay peligro - dijo Dédalo, con un tono suave y tranquilizador - Y mañana volveré. ¡Prometido! Además, no puedo quedarme a dormir, si me lo pidierais, porque cuando os deje debo de hacer cosas, je, je, ¡lo siento!

- Valeee, te creo, porque… - Tais le miraba con ojos hechizados, por un momento casi dice lo que estaba pensando, pero parpadeó y volvió a poner los pies en la tierra - Porque eres un buen guía, recomendado por… ¡La gasolinera del pueblo!

- Eso es…

El joven de negro con el pelo alborotado conducía su furgoneta camino a su siguiente concierto. Iba escuchando en su reproductor canciones de su repertorio. Primero porque le gustaban, y segundo porque repasaba las letras; algunas veces tenía lagunas interpretándolas y debía inventarse algunas palabras, algo que no le gustaba. La carretera apenas tenía tráfico. Se preguntaba dónde andarían ahora las chicas, el viaje era mucho más entretenido con ellas, desde que se subieron a la furgoneta no pararon de hablar de sus cosas, como si él no estuviera, pero paradójicamente eso le hizo sentirse acompañado, todas esas voces de mujeres al lado de él, era mucho mejor que la radio, le motivaban, no desde un punto de vista sexual, sino amistoso. Sin embargo, ahora… Era otra vez ese músico nómada que iba de ciudad en ciudad intentando ganarse la vida, sin nadie que le apoyara. Durante un momento le pasó por la cabeza anular el concierto y apuntarse a su plan, quizás a las chicas les hubiese parecido una locura, no había duda, ¡les hubiera parecido una locura! Pero él siempre lo adornaba todo con frases ingeniosas, les hubiese dicho algo así como "Necesito una nueva aventura para mi siguiente disco… Vosotras seréis mis musas" Seguro que eso les hubiese gustado. De cualquiera de las maneras ahora conducía solo por la carretera y eso ya era agua pasada, de pronto una notificación sonó en su móvil.

"Nuevo viajero disponible a 5 kilómetros"

El joven músico pensó que el anterior viaje con las chicas no llegó a completarlo, pues no las llevó a las puertas del parque, así que tuvo que devolverles un porcentaje de los billetes abonados, ya que le gustaba ser serio como conductor en la aplicación de viajes compartidos. Si recogía a un nuevo viajero podría ahorrar algo en gasolina. Cogió el siguiente desvío y en unos minutos llegó a un pequeño pueblo, donde al lado de una taberna, el sitio que le indicaba el móvil, un hombre mayor, con barba, pantalones cortos y mochila dijo: "Sí, no mires más, soy yo, ¿vas a Atenallo?

- Sí, voy para allá. Ya le acepté. ¿Sube?

- Voy.

El hombre echó su mochila en la parte de atrás. Y subió al lado del joven. El nuevo viajero enseguida empezó a hablar de su largo viaje:

- Desde que mi mujer falleció me eché a la carretera, ahora con los móviles uno puede elegir acompañantes y vehículo. Es realmente apasionante. Nunca le he dicho que no a un viajero que iba en mi misma dirección. ¿Y tú, a dónde vas?

- Voy a dar un concierto allí, soy músico.

- Oh, músico, otro viajero, entonces…

- Je, je, sí, desde luego. Venía con unas chicas muy majas pero se bajaron.

- ¿Dónde?

- Bueno, las debía dejar en el parque natural del *Verde Encierro* pero al final las dejé en una gasolinera porque apareció un guía…
- ¿El parque natural del *Verde Encierro* has dicho? - el hombre cambió de expresión y pareció interesado en el comentario del joven.
- Sí, eso he dicho.
- No he puesto un pie allí nunca… Y te diré una cosa, no lo he puesto por las historias que he oído.
- Vaya, hombre, me deja preocupado ahora. ¿Qué historias son esas?

El hombre se mantuvo en silencio unos segundos y después dijo:

- Lo siento, no quería preocuparte, cambiaremos de tema.
- Oh, no, no, por favor, ahora dígamelo, ahora soy yo el que necesito saberlo - exhortó el joven músico.
- Bueno… Si insistes. Bien, mi esposa, que en paz descanse, tenía muchas amigas y amigos y recuerdo que una de ellas era del pueblo que hay pegado al parque natural.
- ¿El pueblo de Cretabola?
- Sí, ese mismo, la señora era muy particular, muy reservada, aunque eran amigas no solía hablar mucho de su familia pero decía que los habitantes de allí nunca iban al parque.
- ¿Y por qué? Si es precisamente un parque natural. Está en todas las guías de viajes del país.
- Pues eso mismo, no lo dejaba muy claro la señora, siempre decía que había partes muy oscuras en que la luz apenas entraba y que había animales… Eso es lo que le contaba a mi esposa.
- ¿Animales?
- No sé más, pero esta historia es cierta, porque mi mujer siempre me la contaba.

El músico se mantuvo en silencio, dando crédito a la historia del hombre. Se encontraba esta vez dividido entre su corazón que recordaba a sus compañeras de viaje, y su cabeza, que le decía que debía cantar en Atenallo, reproduciendo fielmente las letras de sus canciones, a veces torpemente olvidadas, y otras acertadamente recordadas, así era su cabeza, pero igualmente, así era también su corazón…

Neera encendía el fuego de la chimenea echando más troncos. Dédalo les había explicado todo, camas, juegos de sábanas, dónde estaba la cocina y cómo funcionaba, era una cabaña austera, con cerrojo, no mentía, pero dejaba mucho que desear en cuanto a confortabilidad. Casi antes de irse les dijo: "Creedme, no moriréis de frío". Una frase que precisamente hizo que Tais sintiera un escalofrío por su espalda. Neera le respondió con un simple: "Mañana te veremos". Justo antes de cerrar la puerta Dédalo dijo:
- Ah, lo olvidé. Pertenezco a una empresa que es la que se encarga de estos packs de turismo y hay que abonar el importe por adelantado.
- Pero… No nos lo habías dicho - replicó Neera, algo sorprendida. Tais se acercó a su amiga y puso la mano cariñosamente en su espalda. "Venga, da igual, págale y ya está".
- Es que no lo entiendo, ¡por qué se dice en el último momento!
- Es culpa mía - dijo Dédalo - No es que la empresa lo diga al final del día. Es completamente mi culpa. Lo siento.
- No pasa nada - contestó Neera, sacando de su cartera el dinero y entregándoselo - ¿Pero vendrás mañana, no?
- Cla… ro - contestó Dédalo, algo inseguro.
- ¿No? - preguntó Tais, ante la inseguridad del guía.

70

- ¡Que sí, estaba de broma! Que paséis buena noche, y probad las
  latas del armario, ¡es comida típica del lugar, os encantará!
  Adiós.
Luego sonriéndolas cerró la puerta de la cabaña y ambas chicas se
miraron sorprendidas.
- ¡Qué tío más raro! - dijo Neera - Bueno, vamos a ver que hay en
  esos armarios.
- Es simpático, a mí me gusta - contestó Tais.
- ¡Oye, soy la jefa de la excursión! - se rio Neera - Te he invitado
  para que estés conmigo no para que te ligues a un tío buenorro y
  no me hagas ni caso.
- ¡Claro que no! Hemos venido para estar juntas, tonta.
Neera abrió la puerta del armario de la cocina y empezó a sacar
latas.
- Guiso de codorniz… Alubias con conejo… Pato con guisantes…
  ¿Todo lleva animalitos o qué?
- Eso parece… Serán muy carnívoros en este pueblo.
- Bueno, habrá que cenar alguna lata o nos moriremos de hambre.
  - dijo Neera.
- Lo único que me da un poco de agobio es que no haya ventanas
  en este sitio…
- Piénsalo, Tais, si viniera un oso… - Neera empezó a asustarla –
  y hubiese una ventana, no sería muy buena idea del que la
  construyó, ¿no?
- ¡Deja las bromas ya! - contestó su amiga cruzándose de brazos -
  ¡Empiezo a tener frío ya!
- La luz aún no se fue, pero hace frío, sí, voy a tener que echar
  más leña…

Ariadna había estado todo el día recogiendo frutos rojos por las zonas de los montes, cercanos al chalet, conocía como la palma de su mano el parque natural. Tenía una cesta llena de ellos para la repostería que le habían pedido. Ningún sitio como aquella zona para obtener los mejores frutos rojos. Todo era propiedad de su familia, y ellos eran los que vendían los productos, bien como repostería, principalmente al pueblo de Cretabola, o pedidos de frutos rojos a otras zonas del país, pero los trabajadores que recogían vendrían en unos días y era Ariadna la que tuvo que salir a por los ingredientes para los pasteles y las tartas encargados. Concretamente, eran para el pedido del alcalde, que en esas fechas recibía visitas de fuera y le gustaba que hubiera en su mesa estos dulces típicos, hechos por la familia dueña del parque natural.

Ariadna volvía por la carretera que unía una parte del parque con el chalet donde vivía. Iba pensando en muchas cosas mientras se metía en la boca algún pequeño fruto. Le gustaba imaginar que se enamoraba pues a decir verdad, su familia era muy estricta con ella, y ningún chico había conocido que hubiese llevado el apodo de novio. Siempre le ponían alguna pega a sus pretendientes, y no es que ella no hubiese llevado a chicos a su casa, pero apenas le duraban un respiro por hache o por be. "Este es muy independiente", "Este es muy soso", "Este te acabará dejando", eran las frases más empleadas por su padre. ¿Es que no puedo ser libre?, se decía. "Algún día, cuando menos lo esperéis, me iré de aquí" llegó a decir una vez a su padre. De pronto, Ariadna, mientras caminaba por un margen de la carretera con su cesta llena de frutos, vio venir una furgoneta. Como había poca luz ya, se echó a un lado por si no la veían, pero el vehículo al llegar a su altura se paró y bajó la ventanilla, dentro un chico de negro la miraba:

- Hola… ¿eres de aquí?
- ¿Yo? Je, sí… vivo muy cerca. ¿Qué querías?

Lo primero que vio Ariadna es que el chico tendría más o menos su misma edad, era guapo, y parecía uno de esos viajeros que viven la vida a su manera. Eso la atrajo de primeras.

- Verás… Vengo a… - El joven músico se quedó en blanco, no sabía cómo decirlo.

Acababa de dejar al hombre mayor de vuelta en aquel pueblo donde le recogió, cosa que le sorprendió al hombre, pero el joven alegó que iba a volver al parque natural porque allí había dejado a unas amigas y su historia le había hecho mella, a lo que el hombre mayor, sonriendo ligeramente, añadió "Comprendo, ¡vete, anda!" Así que ahí estaba de vuelta, como un chiquillo, dejándose llevar por sus instintos y ahora no sabía qué decir a aquella lugareña que se había encontrado a un lado de la carretera.

- Vengo buscando a unas excursionistas que han venido al parque…
- ¿Al parque? - dijo Ariadna - ¿A este parque?
- Sí, a este parque, yo las traía, pero conocieron a un guía en la gasolinera y se encargó él de llevarlas. Pero… Ahora querría apuntarme yo a la excursión… - El joven soltó una risita nerviosa y añadió - Perdona, te estoy contando mi vida.
- No, no, me interesa - dijo ella, mirando para todos lados - Oye, vivo… Muy cerca de aquí, ¿me llevarías? Esta cesta… me pesa un poco ya, tienes que tomar un desvío muy cercano.
- ¡Claro, sube!

Ariadna subió y enseguida comenzaron a hablar:

- Mira, si quieres ir con tus amigas… Ya está anocheciendo… así que te aconsejo que vayas mañana.
- ¿Seguro? ¿Está tan lejos?

- Sí, algo… Bueno, no para ir a estas horas quiero decir… Tienes dos opciones… Ir al pueblo de Cretabola, y buscar alojamiento…
- O no, no, yo… duermo en mi furgoneta… No hay problema.
- Ah, vale - dijo Ariadna - ¿Pero sabes cómo ir hasta allí? ¿Tienes el contacto del guía?
- Pues… - El joven músico se quedó pensando en que había sido un estúpido por no grabar aquel número cuando el de la gasolinera se lo dio a las chicas - No, no lo tengo.

Ariadna estaba algo excitada, parecía que quería ayudar aquel chico, algo nacía dentro de ella, pero no sabía bien cómo llamarlo.

- Pues yo sé quién es, porque solo hay un guía, el único que se conoce este parque a la perfección, mañana te llevaré con él, ¿por qué no te quedas aparcado cerca de mi casa? Mañana iremos a verle.

El joven músico se sorprendió de tal ofrecimiento. Era una chica muy amable. Pero se sentía demasiado ayudado para ser una desconocida.

- Oye, perdona, pero es que… No nos conocemos… ¿Por qué haces esto por mí?
- Porque… Quiero ayudarte a encontrar a tus amigas. Después de todo este parque es de mi familia.
- ¿De tu familia? - dijo el joven sorprendido.
- Sí… Tuerce por este camino ahora, mi casa está cerca… Somos los dueños, ya ves, qué casualidad, ¿no?
- ¿Y dejan entrar a excursionistas?
- Tenemos un… acuerdo con el gobierno, nosotros recibimos una subvención para la buena conservación del parque y a cambio puede venir gente a hacer turismo. Así el país gana fama de buenos parques naturales y nosotros ganamos en…
- Ingresos.

- Sí, eso es - dijo Ariadna - Déjame aquí, mira, aquí.

La furgoneta paró a menos de cien metros del gran chalet, el camino estaba en pendiente. Ariadna fue a bajarse y el joven dijo:

- Menudo chalet os está pagando el gobierno.

- Bueno… No todo es riqueza, también tenemos responsabilidades. ¿Te veo mañana a las ocho… aquí mismo?

- ¡Claro!

Ariadna cerró la puerta de la furgoneta pero antes de irse se quedó parada de espaldas al vehículo, como si pensara un nuevo plan. Entonces, de repente, se giró y volvió a abrir la puerta de nuevo:

- Oye, que estaba pensando, que puedes estar muy bien aquí durmiendo en tu furgoneta pero… Seguro que no vas a poder probar los platos típicos de la zona. ¿Por qué no te vienes y cenas con nosotros? Luego puedes dormir en la habitación de invitados, y si te da mucha vergüenza pues acepta solo la cena y luego te vuelves a la furgo.

El joven se quedó pensativo… ¿Era lo que parecía? ¿Aquella hermosa chica, salida de la nada, le acababa de invitar a pasar la noche en su lujoso chalet, dueña además de todo el parque natural?

- Pues… Iba a decir que no porque… Nos acabamos de conocer… Pero la verdad es que soy un comilón así que… ¿Por qué no?

Ariadna se rio y dijo "Pero me llevas la cesta".

Ambos jóvenes subieron la pendiente acercándose al chalet cuando a pocos metros de llegar vieron en la entrada un todoterreno aparcado. El músico reconoció el vehículo:

- ¡Este era el coche del guía!

- Sí, es Dédalo - dijo Ariadna sin sorprenderse.

Cuando iban a abrir la puerta, se abrió antes, emergiendo mucha luz del interior, en contraste con el exterior casi en la oscuridad, la doncella se despedía del guía. "Bien, hasta la próxima" dijo ella.

Ariadna miró a la doncella: "Ahora pasamos, déjala abierta". Y la doncella asintiendo se retiró.

- ¿Qué haces aquí?
- He venido a hablar con tu padre - dijo Dédalo a Ariadna, y luego mirando al joven dijo - ¿Nos conocemos de hoy, verdad?
- Sí, viniste a la gasolinera - contestó el músico - ¿Has llevado a mis amigas?
- Sí, las llevé donde me pidieron.
- ¿Dónde las has llevado? Porque el parque es muy grande - preguntó Ariadna.
- Al *Valle del Tupido Bosque.*
- ¿Al valle del…? - replicó Ariadna, su rostro había cambiado.
- Sí - contestó Dédalo.
- ¿Qué pasa? - dijo el músico, que se había dado cuenta de la cara de la chica.
- Nada - dijo Dédalo al joven - que requiere una licencia especial para entrar, y por eso había venido para solicitarla, a posteriori, a su familia, eso es todo. No te enfades, hombre.

Ariadna se mantuvo callada. Dédalo iba a irse ya al todoterreno cuando el joven le paró:

- Espera, quería decirte, bueno… Ella iba a decírtelo, ¿no? - preguntó el joven, confundido, mirando a Ariadna, ya que ella no reaccionaba - ¿No ibas a decirle…
- Sí - contestó la chica, seria - Quería… Que le llevaras mañana a donde las dejaste… Él quiere ir donde están sus amigas…

Dédalo parecía que estuviera pensando más de lo debido la respuesta. El músico les miraba atento, intuyendo que o estaban enfadados y no querían manifestarlo, o había algo que él se estaba perdiendo…

- Ah, claro… - contestó Dédalo sonriendo - Mañana tengo que continuar el recorrido con ellas, así que… vendré a por ti, estate a las nueve preparado.
- De acuerdo - contestó él.

Dédalo se fue y Ariadna y el joven entraron en el lujoso chalet, de grandes ventanales iluminados y varias plantas.

Tais había escuchado un ruido cenando, la mesa estaba puesta con dos modestos platos. En estos estaba la cena: una de esas latas, la de Codorniz, la cual compartían.
- Neera. ¿Lo has oído?
- No - contestó ella mientras miraba su móvil.
- Pues ha sonado como si estuviera cerca… Escuché… un ruido.
- Bueno… Pues ahora cuando termine de cenar saldré…
- ¿Estás loca? - dijo Tais, abriendo sus ojos - ¿Y si es un lobo?
- Mira, necesito fotos de todo tipo… El reportaje tiene que ser diurno y nocturno. ¿Sabes que me pagan más si son fotos o vídeos impactantes?
- ¿Impactantes? - preguntó su amiga.
- Sí, que gusten, ¿te lo explico? Más likes, más ingresos… más suscriptores, más ingresos… más seguidores, más ingresos… ¿Sigo?
- Ya lo sé, no soy tonta, Neera. Por cierto, ¿tienes cobertura? Porque yo la he perdido justo hace unos minutos…

Neera se quedó mirando un momento su móvil:
- Es verdad, tía, la acabo de perder… Bah, será un rato, ahora volverá…

De pronto sonó un golpe en el exterior. Tais se quedó petrificada con la cuchara a punto de entrar en su boca. Neera sonrió

maliciosamente y encendiendo su cámara dijo: "Ahí voy,
amiguita" y poniéndose de pie se dirigió hacia la puerta de la
cabaña. Tais se levantó de inmediato y cogió a su amiga de un
brazo:

- Ni hablar… Tú te quedas aquí – dijo esta, susurrando.
- Anda, ¿piensas que nos iban a dejar solas si fuera un lobo? Será
  un cervatillo, pobre… dando con su hocico porque tiene
  hambre…
- Es que me da igual… Aunque sea un conejo. No vas a salir,
  Neera…

Neera la quitó la mano de su brazo, se puso seria y descorrió el
cerrojo de la puerta. Tais le devolvió la mirada y sin miedo alguno,
corrió el cerrojo, desafiándola. Neera volvió a descorrerlo y su
amiga repitió el proceso. Entonces la fotógrafa acercando su
cámara a la cara de su amiga le hizo una foto cegándola con el
flash. Después soltó una risita maliciosa…

- Estás… ¿qué haces? No veo nada, tía…

Neera tuvo tiempo de descorrer el cerrojo, abrir la puerta y salir al
exterior. Cuando Tais recuperó la vista estaba sola en la cabaña y
al asomarse fuera, temerosa, solo había oscuridad…

- ¿Neera?
- ¿Sí? - contestó su voz.
- ¿Dónde estás?
- Espérame… Ahora vuelvo… Creo que escuché algo…
- Por favor, vuelve, no hagas tonterías…
- Espérame… - decía la voz, cada vez más lejana.
- ¿Neera?

Pero la voz ya no contestó.

Tais cerró la puerta asustada. Miró su móvil, pero no tenía
cobertura. Empezó a notar su pecho palpitante, retumbando, como

si una cuadriga de caballos desbocados fuera a salir por su boca en cualquier momento…

El joven músico estaba sentado a la mesa junto a Ariadna, había bandejas con canapés exquisitos y un guiso en un recipiente de porcelana les esperaba, de donde salía un delicioso olor que le hacía sonar las tripas.

- ¿Qué es?
- Es un guiso de buey.
- ¿Buey? Eso es… ¿como una vaca, no?
- Sí - contestó Ariadna, sonriendo, mientras se metía un canapé en la boca.
- No - sonó a una distancia de ellos. El joven giró su cabeza y vio en la entrada del salón de pie a la doncella - No es una vaca - Luego adelantó unos pasos y se acercó a los jóvenes -Dile que es un buey, Ariadna.
- Oh, vale… ¡Es un toro castrado! ¡Eso es lo que es! - contestó Ariadna con un tono que denotaba aburrimiento y burla hacia la doncella.
- ¿Un toro castrado?
- Sí - dijo la doncella sentándose en una silla próxima y mirándole fijamente - Es un toro que ha perdido su fuerza, su potencia, su bestialidad…

El joven tragó saliva, sintiéndose un poco incómodo ante la seriedad de la doncella.

- Es un animal que se convierte en otro manso, menos peligroso, más fácil de dominar… Eso es un buey. Y en esta casa se come carne de buey - afirmó la doncella con rotundidad.
- ¿Y por qué? - preguntó el joven con curiosidad.

- Porque mi padre lo prefiere… Dice que la carne está más sabrosa - dijo Ariadna, algo enojada, luego miró a la doncella - ¿Vas a dejarnos cenar tranquilos?
- Claro, querida - dijo la doncella, levantándose. Luego se dio la vuelta y salió del salón.

Ariadna sonrió al joven y le llenó la copa con vino.

- Bebe, todo sabe mejor así…
- Mañana tengo que madrugar.
- Bueno, es solo un poquito…

Después de un rato el alcohol se le había subido a la cabeza a la joven y no paraba de reírse mientras el músico la miraba algo más reservado, pues había bebido en menor cantidad.

- ¿Sabes? - decía Ariadna - Si lo piensas… Me da igual, mis padres no me dejan hacer lo que quiera… Pues que les den…
- Ariadna, no hables así, podrían oírte… - susurró el joven, sintiéndose incómodo por los comentarios de la joven - Por cierto, ¿dónde están? Solo he visto a esta señora que nos sirvió…
- ¿Mis padres? ¿Que dónde están? Ja, ja, ja.
- ¿De qué te ríes?
- ¡Mis padres son unos payasos! ¡Eso es lo que son! ¡Unos payasos! - gritaba.
- Ariadna, creo que… Me voy a dormir a la furgoneta. Gracias por la cena.
- Sí… Eso, vete tú también ahora… déjame… Vete a salvar a tus amigas… - decía la chica, ebria y con los ojos entrecerrados.
- ¿Cómo? - preguntó el joven.
- ¡Ariadna, ya está bien! ¡A tu cuarto! - dijo una voz grave.

El joven se giró y vio en la entrada del salón al mayordomo, mirándola con expresión amenazante pero contenida.

- Perdónela, el vino le sienta muy mal. Creo que es hora de despedirse - dijo el hombre extendiendo la mano educadamente, señalándole la salida del chalet.
- - Oh, sí, sí - contestó el músico - Yo también creo que es hora de irme, bueno… - el joven puso una mano sobre un hombro de Ariadna y dijo - Gracias por todo, Ariadna, ya nos veremos.

La joven al sentir el contacto de la mano en su hombro, se quedó mirándola y de pronto, parece que la despejara haciéndola consciente de su bochornoso comportamiento.

- Perdóname, perdóname, en serio - se puso de pie para ir a decirle algo.
- ¡Ariadna, ya está bien! - dijo el mayordomo.
- Escúchame, tengo que… tengo que decirte algo… - dijo Ariadna mirando al joven.
- ¡Ariadna! - repitió el mayordomo.
- ¡Déjame ya, Papá! ¡Quiero vivir mi vida! ¡Entérate ya!

El joven miró al mayordomo, este estaba pálido, de pronto dijo:

- No sabe lo que dice. Ha bebido mucho… Ariadna, despídete de tu amigo y ve a tu cuarto, necesitas descansar.
- Está bien - contestó Ariadna - me voy a descansar pero… Dormirá en la habitación de invitados, porque no va a volver a su furgoneta, allí en la oscuridad de la noche, eso sería ser muy mala anfitriona cuando… ha quedado con Dédalo mañana…
- ¿Con Dédalo? - preguntó el mayordomo, interesado.
- Sí, va a llevarla a ver a sus amigas que están en el parque natural - dijo la joven - ¿Vamos a dejar que duerma allí en su furgoneta helada?
- De verdad que estoy bien, mi furgoneta está bien - dijo el músico, retrocediendo para dirigirse hacia la salida.

- No, por favor, si Ariadna… quiere que duermas en la habitación de invitados te llevaré allí - dijo el mayordomo, cambiando su tono de voz, se había vuelto agradable y servicial.

El joven músico sonrió a Ariadna y dijo "Gracias… Hasta mañana entonces". La joven le devolvió la sonrisa y dijo "No, voy contigo que hay que subir la misma escalera".

Los tres, el mayordomo, seguido por Ariadna y el joven, subieron las escaleras blancas que iban al segundo piso. Mientras subía, el joven vio a la doncella abajo observándoles desde la entrada a la cocina, estaba callada, como si estuviera en un entierro. Su mirada era triste y oscura.

Habían pasado tres horas, el joven músico miraba el techo de la habitación de invitados. Era una habitación muy espaciosa, minimalista, confortable, la habitación que siempre habría querido tener de adolescente si no hubiera sido porque la suya era todo lo contrario, pequeña, caótica, llena de papeles y dibujos por el suelo, guitarras a punto de sonar, claro, que… gracias a esto, había sido el caldo de cultivo perfecto para hacerse músico, si su vida hubiese sido en esa habitación tan perfecta y bajo el cuidado de la familia de Ariadna, probablemente él sería otro y su música no habría existido nunca. De pronto escuchó un pequeño ruido en su puerta, el joven levantó la cabeza de la cama y como si fuese un águila clavó su mirada a ver qué es lo que sucedía. Si no dormía todavía era porque no se fiaba de nada que hubiera visto y oído hasta ese momento, empezando por la conversación entre Dédalo y Ariadna a la entrada del chalet, luego las palabras misteriosas de la doncella durante la cena y para terminar, la guinda del pastel, aquel extraño mayordomo y Ariadna llamándole Papá. ¿Podía haber más razones para no dormir, aquella noche sin luna, dentro de aquel lujoso chalet?

Mucho antes de que sonaran ruidos en la puerta lo primero que hizo al llegar a aquella habitación fue usar su móvil para contactar con sus amigas, no iba a hacerlo porque prefería que fuera una sorpresa, pues no lo veía necesario ya que la situación nunca había sido de, llamémosle, alerta, pero después de todo aquello, empezaba a temer que estuvieran mal. Desgraciadamente, su móvil no tenía cobertura, eso le creó una gran impotencia. Es por eso que se tumbó encima de la cama intentando dilucidar cuál podía ser el mejor plan hasta que…

La puerta de su dormitorio sonó de improviso.

- ¿Sí?

El picaporte se giró lentamente hasta dejar una rendija pequeña abierta. Entonces, la cara de Ariadna, con colores en sus mejillas se asomó:

- ¿Hola? ¿Se puede? - dijo susurrante.

- Sí, pasa…

Ella avanzó dando pequeños pasos hasta su cama, llevaba una camiseta muy larga e iba descalza.

- Perdóname por cómo me he comportado antes… Pero tengo que hablar contigo.

- Claro - dijo él - Cuéntame, ¿estás mejor ya?

- Bueno… - Ariadna miró para otro lado - Empezando por eso.

- ¿Por eso? - dijo el joven extrañado.

- Sí, el vino no se me sube tanto como ellos piensan… Además, había comido… Es decir, no estaba tan borracha como crees…

- ¿Entonces por qué lo has hecho?

Ariadna parecía nerviosa, se acercó hasta tenerle cerca, le cogió de las manos y tiró de él para que saliera de la cama. Luego destapó las mantas y dijo: "Metámonos dentro"

- ¿Dentro?

- Sí, tú y yo bajo las sábanas - dijo ella sonriendo.

El joven pensaba que eran otras intenciones pero Ariadna leyéndole el pensamiento dijo:

- Quiero contarte algo.

Y así es cómo los jóvenes se metieron bajo las mantas. Ella le miraba con candor y alegría en sus ojos. Parecía tan feliz, por una vez en su vida se sentía libre y hablaba desde lo más profundo de su corazón:

- Verás… Lo que he hecho es para meterles miedo a ellos.

- ¿A ellos?

- Sí, a ellos

- ¿Dices al mayordomo y a la doncella o… a tus padres?

- Ellos… son… Mis padres.

El joven comprobó que Ariadna tenía razón. ¿Qué secreto guardaba en sus hermosos ojos encendidos?

- Por eso les llamo payasos… Porque se disfrazan…

- Pero… ¿Por qué se disfrazan?

- Ellos son los dueños del parque, pero por otro lado, no son más que siervos, por eso se disfrazan de siervos, fue una idea, llamémosla: cómica y subversiva, de rebelarse ante… el verdadero dueño de… estas tierras.

- No entiendo nada, ¿es que hay otro dueño por encima de tu familia?

- Sí, hay otro dueño… Y la culpa la tiene mi madre, es decir…. La doncella… Ella tuvo un hijo con él, mientras estaba con mi padre ya, ¡fue un horror! ¡Una verdadera tragedia!

- ¿Y qué pasó? ¿Siguieron juntos?

- Sí… - Ariadna desvío la mirada avergonzada - y más tarde nací yo. Pero mi padre no se lo perdona, y además… está él… siempre estará él… para recordarles a mis padres que… está ahí…

- ¿Él? - dijo el joven - ¿Te refieres al que se acostó con tu madre?

- No, me refiero al hijo que tuvo… Está cerca… Muy cerca… De hecho… Es una condena la que vivimos porque… debemos alimentarle.
- ¿Y su verdadero padre no quiere saber nada de él? ¡Qué jeta, no?
- No, no van así las cosas… Este hijo es… No sé cómo decírtelo… Es que no quiero que me tomes por loca…
- No, dímelo…
- Escucha… Yo siempre he querido irme de aquí, irme muy lejos y dejarles… No quiero esta vida… Quiero paz, amor, no quiero… nada de lo que está pasando, pero… he visto tanto… ¡Tanto! - Ariadna se puso a llorar tapándose la cara.
- ¿Qué has visto, Ariadna? Cuéntamelo, confía en mí.
- ¿De verdad que lo dices en serio? ¿Puedo confiar en ti?
- Claro que sí - dijo él, con una mano en su mejilla - Si quieres irte, tú y yo huiremos ahora mismo, cogeré mi furgoneta, nos iremos, ¿vale?
- Oh, te quiero… Te quiero… - decía ella. Le besó apasionadamente. Él la abrazó correspondiéndola - ¿Cómo te llamas?… no te he preguntado tu nombre hasta ahora… Cómo te llamas…
- Me llamo… Teseo.
- Oh, Teseo… Abrázame y no me sueltes. No quiero más vida que la tuya, no quiero más amor que el tuyo, quiero irme de aquí…
- ¡Nos iremos! Pero… Antes debes contarme el secreto… ¿Qué es lo que has visto?
- En el Valle, en el valle está el hijo de… mi madre… el que tuvo con… esa cosa… o ese demonio, lo que fuera… Es mi hermano, después de todo y lo sabe… por eso no me hace nada cuando me ve… pero… es un monstruo… Oh, Teseo… No te puedes imaginar… ¡Se alimenta de sangre, de carne, de personas!

- Per… sonas??

- Sí, y si no le alimentamos él saldrá de ese *Tupido Bosque* y será… ¡un caos! ¡Matará a todo el que se ponga por delante! El pueblo de Cretabola lo sabe y por eso envía por medio del guía Dédalo a excursionistas, para saciar su hambre, y no podemos hacer nada… Es una condena… ¡una condena para mi madre y… para mi padre que ama a mi madre y no quiere huir de aquí!

- Pero… No entiendo… ¿por qué no le matáis? ¿Por qué hay que alimentarle?

- ¡Porque su padre es poderoso y… sobrenatural!

- ¿Sobrenatural? ¿Entonces lo de que su hijo era un demonio no es un decir?

- ¡No! Es algo… que no es humano.

- ¿Estás segura de lo que dices, Ariadna? ¡Porque es todo tan fantasioso!

- Sabía que no me creerías… Su padre es dueño y señor de este parque natural y… de un mundo escondido que… ¡ningún humano vivo ha podido ver! Mis padres le adoran… tienen un altar en esta misma casa… Y vienen los del pueblo también una vez al mes… ¡te lo enseñaré y así me creerás! ¡Ven, bajemos! - dijo Ariadna saliendo de las mantas y tirando de él.

- Bueno… Sí… enséñamelo… porque es todo tan… de serie o… de película… Uno no sabe ya qué creer y qué no creer en estos tiempos que corren…

- Claro, Teseo, amor, te quiero, te quiero… - dijo ella besándole - Ven, no hagamos ruido… Ellos ahora duermen porque piensan que mañana Dédalo vendrá a por ti y todo estará controlado… Por eso no te funciona el móvil, son ellos...

- Un momento - dijo Teseo, acordándose de sus amigas - ¿Y Tais y Neera? ¿Estarán muertas ya?

- Quizás no… Ven, te enseñaré el altar… Y me creerás.

86

- ¡No hace falta ya que me lo enseñes! - dijo Teseo, cogiéndola de los brazos - ¡Te creo, Ariadna! ¡Debemos ir a por ellas! ¿Sabes dónde están?
- Contacté con Dédalo hace unas horas, después de la cena, y le dije que fuera a por ellas… ¡Que no quería que tú vieras el horror al que estaban destinadas! ¡Que las salvara! Así que… Él ya ha ido para allí… ¿Qué quieres hacer, amor?
- ¡Pues ir a por ellas! ¿Qué vamos a hacer si no? ¿Quedarnos para que tus padres se chiven a su señor?
- ¡Corramos!

Teseo y Ariadna abrieron la puerta del dormitorio con cuidado y bajaron por las escaleras blancas pero al llegar a la puerta de salida se encontraron de bruces con la doncella, su madre.

- ¡Madre, déjame irme!
- Habla bajo, querida, tu padre duerme arriba y le despertarás.
- ¿Es que estás aquí acaso para ayudarnos?
- Sí - dijo ella, levantándose el camisón y enseñando la cicatriz vertical que recorría su vientre - Él salió de mí pero lo que hice fue el mayor error, siempre se lo dije a tu padre… ¡Vete, hija! ¡No debes pagar tú por mi pecado!
- Adiós, madre.

Ariadna y su madre se abrazaron, y luego salió de la mano de Teseo por la puerta para no volver jamás.

Dédalo echó la puerta de la cabaña abajo y se encontró una temblorosa Tais en un rincón de la cabaña.
- ¿Dónde está tu amiga?
- Ella… se fue para hacer fotos, por la noche… ¡Está loca! ¡Loca!
- ¿Escuchasteis unos ruidos extraños?

- Sí… Escuché yo unos ruidos y se lo dije… pero le dio igual, incluso se alegró… ¿Te lo puedes creer?
- Vaya, con tu amiga… Mira, Tais - Dédalo se agachó en cuclillas y puso sus fuertes manos sobre sus rodillas - Ahí fuera hay un animal que tiene un procedimiento, llamémoslo así, y… digamos que los ruidos eran… El primer paso… No teníais que haber salido…

Tais se puso a llorar tapándose la cara, sin consuelo.

- ¡Lo sabía! ¡Si es que se lo advertí! ¡Blanco y en botella! ¡No!
- Vaya, con tu amiga… ¡Si es que se lo puso a huevo! Si al menos no hubiese entrado al trapo aún… seguiría aquí…
- ¿Vamos a morir, Dédalo? - exclamó Tais cogiéndole de las manos- ¡Porque si voy a morir quiero que… me hagas el amor aquí mismo!
- Bueno… - Dédalo tartamudeó - Tranquila… Ese animal… Nos huele… No te hará nada junto a mí… si te separas de mí puede…
- ¡No me separaré de ti!
- Pongámonos en pie, debo sacarte de aquí.

Dédalo y Tais avanzaron por el *Tupido Bosque* iluminados con la linterna del guía. Fueron lo más rápido que sus piernas podían, intentando no hacer caso a ninguno de los ruidos que escuchaban, en su camino encontraron varios animales muertos, por la forma en que habían sido atacados Dédalo supo que pertenecían a la cena de la criatura, Tais lanzó un pequeño grito al verlos, Dédalo la miró poniendo su dedo índice sobre sus labios "No… le estás llamando". Estaba horrorizada. Comenzaron a correr. Dédalo pidió a Tais que si veía más animales no gritara más. Pero la criatura ya sabía dónde andaban… El enigma era si les seguiría o les dejaría escapar de su territorio y… en la hora de la cena.

Cuando Dédalo estaba presente nunca había habido ataques, pero esta vez el guía sospechaba que le había entregado a las dos chicas y ahora que se las estaba quitando, era una grave ofensa para la criatura y ahora la reclamaba… Pero el guía no podía explicarle esto a la muchacha pues sabría que él estaba implicado, ¡lo que la haría huir sola por el bosque! Y entonces Tais ya no tendría salvación alguna.

De pronto, justo en la franja de separación del *Tupido Bosque* con una zona limítrofe del parque, allá donde la criatura nunca salía, por no haber ya apenas árboles, cuando Dédalo y Tais estaban a punto de conseguir escapar de sus feroces fauces una valla metálica automática se empezó a levantar emergiendo del suelo, era el sistema de seguridad, que irónicamente el mismo Dédalo había diseñado, y el padre de Ariadna le había mandado instalar para casos excepcionales como este. Pero… ¿El que había subido la barrera quién era? ¿Acaso el padre, también llamado el mayordomo, que se había despertado?

No, era la feroz criatura, de cuyo musculoso cuello colgaba un mando. El mayordomo se lo había entregado para que no tuviera "escapes de comida" durante sus cenas nocturnas. Esto Dédalo lo desconocía y al ver subir la barrera impidiéndoles escapar supo que el fin de Tais, y acaso también el de él mismo, había llegado.

De pronto de la oscuridad vio dos ojos rojos observarles. Dédalo cogió la mano de Tais y dijo: "Lo siento, he hecho lo que he podido" Ambos retrocedieron hasta topar con la alta valla a sus espaldas.

- ¿No hay nada que pueda salvarnos? - preguntó Tais, atemorizada.

- Sí, un torero - contestó él.

- ¿Un torero?

- Dicen que es mitad toro…

Entonces Tais tuvo una idea, llevaba una bufanda roja al cuello, se la quitó y la zarandeó en el aire diciendo: "¡Eh, toro, eh!". Se escucharon bramidos del fiero animal en la oscuridad. Con un movimiento rápido la lanzó hacia un lado lo más lejos que pudo mientras le decía a Dédalo "¡Corramos!" Echaron a correr en sentido opuesto. El animal se fue en dirección a la bufanda pero enseguida cambió el sentido y comenzó a perseguirles soltando ruidos que a veces parecían gritos humanos, lo que lo hacía más aterrador.

Cuando la distancia era apenas unos cuantos metros y la fiera ya les daba caza Tais tropezó y cayó al suelo pero el animal la saltó y siguió corriendo tras Dédalo, que se giró al momento para mirar qué había ocurrido, entonces se encontró al animal, medio toro, medio humano, agarrándole del cuello con sus fuertes manos y alzándolo sobre el suelo más de un metro.

Sus fauces estaban apretadas, llenas de ira salvaje, sus rojos ojos estaban clavados en los de Dédalo, quien veía cómo su fin había llegado. Entonces, el guía comenzó a escuchar una frase casi ininteligible saliendo del monstruo:

- Tú… engañar a… Minotauro…
- No… Yo no engañarte - dijo el guía - tú… comer hoy más de la cuenta…

El animal lanzó un bramido ensordecedor y abrió la boca para arrancarle la cabeza cuando de pronto sonó un grito a sus espaldas. "¡Alto! ¡Suéltale!"

Era Ariadna, mirándole desafiante. Y detrás de él Teseo, quien no creía lo que veían sus ojos. Cuando vio a Tais corrió para socorrerla. Entonces, el minotauro soltó a Dédalo, dejándole caer contra el suelo, y se aproximó, dando lentos pasos, a Ariadna, soltaba pequeños bramidos, ciertamente enfadado, pero la reconocía como a su hermana, su olor no le fallaba, y tenía dentro

de él una orden natural que le hacía no atacarla. Por eso Ariadna sabía que ella era la única que podía detenerle. De pronto, por encima del hombro de ella vio cómo Teseo levantaba a Tais del suelo y con gran rabia apartó a su hermana de un fuerte golpe lanzándola contra los árboles. Empezó a correr en dirección a ellos bramando y con su cornamenta apuntando a sus cabezas. Tais miró a Teseo y dijo: "Gracias por haber venido a por nosotras"
Y apenas cuando iba a impactar contra ellos Teseo….
 Sacó de su mochila una escopeta recortada y… ¡le voló los pocos sesos que tenía aquella criatura del infierno!
Tais le miró y dijo: "¿Y eso?"

- Ariadna lo cogió del todoterreno de Dédalo, lo lleva siempre para cualquier tipo de contratiempo.
- ¿Quién es Ariadna? - preguntó Tais - ¿La chica esa estampada contra ese árbol?
- ¡Ariadna! - gritó Teseo, corriendo hacia ella para socorrerla. Y al llegar junto a su amor la cogió con delicadeza y ternura diciendo:
- ¿Estás viva, mi amor?
- Claro que sí, Teseo - contestó abriendo sus hermosos ojos - ¿Mantendrás tu promesa?
- ¿Cuál?
- La de irnos juntos.
- Eso no es una promesa - dijo él - Es la realidad.

La levantó y fueron a ver cómo estaba Dédalo. Este se despertó tras un rato aquejado de dolores en el cuello. Lo primero que hizo fue preguntar por Tais. Ella apareció tras Ariadna y Teseo diciendo: "¡Aquí, hombretón!"
Luego el guía miró a Ariadna y dijo:

- ¿Y tus padres? ¿Qué dirán cuando vean que le habéis matado?
- Que digan lo que quieran… ¡Eso ya no es asunto mío!

- ¿Y el señor de estas tierras?
- ¡Me importa aún menos!

Dédalo arrancó del cuello del animal el mando para bajar la alta valla metálica que les separaba del resto del parque. Cuando el camino estuvo libre Ariadna, Teseo y Tais se alejaron por el oscuro valle, limítrofe al *Tupido bosque,* mientras esta última decía:
- ¿Entonces era un hombre o era un toro?
- ¡Un demonio! - dijo Teseo.
- ¡Medio demonio! - añadió Ariadna, guiñándoles un ojo.

El submarino

L a lluvia caía a cántaros sobre el submarino, que flotaba sobre el océano.

Oficial: Capitán, ¿abro el paraguas?
Capitán: No, descendamos, y cierre la escotilla.

(Ambos hombres se meten en el interior del buque y este desaparece bajo las aguas)

(En el puesto de mando)
Capitán: *(Habla por micrófono)* ¿Cómo va la sala de lectura?
Oficial inferior 1: Capitán, las lecturas van a toda máquina.
Capitán: Bien, ¿y las novedades?
Oficial inferior 1: Los marineros ya están leyéndolas, *bestsellers*, otras publicaciones e independientes, mi capitán.
Capitán: Manténgame informado si hay algo que no entiendan.
Oficial inferior 1: De acuerdo, mi capitán.
Capitán: *(A Oficial)* Descienda 30 metros, puede haber destructores en las cercanías.
Oficial: ¡Desciendan 30 metros!
Técnico comunicaciones: Mi capitán, detectado destructor a medio kilómetro.
Capitán: ¿Veis? Lo que os decía, ¿de qué se trata?
Técnico comunicaciones: Es un destructor con los últimos temas de reguetón.

Capitán: Lancen torpedos 1 a 4.

Oficial: *(A micrófono)* ¡Sala de torpedos, preparen torpedos 1 a 4!

Oficial inferior 2: Los estamos terminando de untar en vaselina y estarán listos.

Capitán: ¡Rapidito que se nos va!

Técnico comunicaciones: Capitán, el destructor no se va, se está acercando a nosotros, a alta velocidad.

Capitán: ¿A nosotros?

Técnico comunicaciones: Sí, mi capitán.

Capitán: ¡Lancen ya torpedos 1 a 4! Que si no recuerdo mal son Beethoven, Bach, Vivaldi y Mozart.

Oficial: El 3 no es Vivaldi, mi Capitán, es Verdi.

Capitán: Ah, sí, lo olvidé, como los dos empiezan por V. ¡Pero láncelos ya! ¡No perdamos más el tiempo en minucias, todos eran grandes compositores!

Oficial: A sus órdenes, mi capitán.

(Pasan unos minutos, todos en silencio)

Técnico comunicaciones: Impactos torpedos 1 y 4, capitán, los otros han sido interceptados.

Capitán: ¿Por quién?

Técnico comunicaciones: Un buque escolta, viene junto a destructor.

Capitán: ¿Qué buque escolta? ¡Vamos! ¡No espere a que le pregunte, infórmeme!

Técnico comunicaciones: Buque escolta de películas de superhéroes, mi capitán.

Capitán: ¡Maldita sea! ¡Profundidad 150 metros! ¡Larguémonos!

Oficial: *(A micrófono)* Profundidad 150 metros.

(Ha pasado una hora, el capitán entra en sala de lectura, hay muchos marineros sentados en mesas leyendo libros)

Capitán: Marineros, buenas tardes o… días… ya no sé, he perdido la cuenta aquí dentro.

Oficial: *(Viene tras él)* Días, capitán.

Capitán: Eso, días. *(A marinero, el cual está sentado en una mesa individual con un libro abierto)*

¿Qué lees, marinero?

Marinero 1: El banquete de Platón, mi capitán.

Capitán: ¿Y sobre qué trata, marinero?

Marinero 1: Es un diálogo sobre el amor e intervienen sabios de la antigua Grecia.

Capitán: ¿Y te está gustando?

Marinero 1: Sí, mi capitán.

Capitán: Acabamos de tener hace una hora un ataque, como sabréis.

(Todos se sorprenden)

Oficial: *(Susurra a Capitán)* Mi capitán, los marineros de esta sala están demasiado metidos en las lecturas, desconocían el ataque.

Capitán: Oh, claro, claro… *(Mirándoles de nuevo)* Perdonad, quería que supierais que sin vosotros este submarino sería hundido, bueno… hundido no sería la palabra, porque gracias a que nos hundimos somos lo que somos, la palabra sería…

(Un marinero levanta la mano y el oficial le da el turno de palabra)

Marinero 2: Tomado.

Capitán: ¡Exacto! Esa es la palabra *(Mira a oficial)* Pase a este marinero a la sala de creación, ya está preparado.

Marinero 2: ¡Gracias, gracias!

Capitán: Sin vuestro trabajo este submarino ya estaría lleno de altavoces retumbando y haciendo sonar… esa música machacona. Además, en cada sala habría… ¡películas y series sin ton ni son!

En fin… Sabéis a qué me refiero… Bueno, ¡a seguir leyendo!
(Todos los marineros asienten)
(El capitán sale de la sala de lectura, cerrando la compuerta el oficial)

(El capitán entra en sala de creación, hay marineros pintando sobre lienzos, otros escribiendo, también hay marineros tocando instrumentos de música)

Capitán: ¿Cómo va la sala más importante del submarino?
Marinero 3: *(Se acerca a Capitán sonriendo mientras toca el violín)* ¿Le gusta, capitán?
Capitán: ¡Increíble! ¡Este submarino es indestructible!
(Sueña alarma, se oye por altavoz)

Altavoz: ¡Torpedos acústicos! ¡Nos han dado, nos han dado!
Capitán: *(Mirando a marinero de violín)* Toque más alto y… más rápido.
(Marinero comienza a tocar como si no hubiera un mañana)
Oficial inferior de sala: *(A todos los marineros con instrumentos)* ¡Tocad, tocad, no paréis!
Capitán: ¡Quiero creatividad! ¡Fuerza! ¡Y pasión! ¡Pasión a raudales!
(Todos los marineros tocan sin parar, están sudando, y se les ve muy apurados)
Oficial inferior de sala: ¿Así, capitán?
Capitán: Pues… *(Mira al oficial y este habla por teléfono)*
Oficial: *(Sonríe)* ¡Los torpedos acústicos se han parado! ¡Ya no vienen!
(Todos los presentes vitorean al capitán)

Capitán: ¡No, por favor, ha sido gracias a vosotros, no a mí!
¡Seguid así!
(Salen de sala de creación, el oficial cierra la compuerta)

(Sala de mando, el capitán, el oficial y un teniente, y otros más que no intervienen)
Teniente: Capitán, como usted sabe soy el encargado de entrevistarle y hacerme con todos los datos posibles sobre el funcionamiento de este submarino.
Capitán: Bueno, ya lo ha visto…
Teniente: No he visto nada, Capitán, me dijo que esperara en el comedor, y ahí he estado todo el tiempo.
Capitán: *(Enfadado, mirando a Oficial)* ¿Este hombre no nos ha seguido durante toda la mañana? ¡Con la de cantidad de cosas que han pasado!
Oficial: Capitán, le dijo que desayunara tranquilo, que habría tiempo de explicarle todo y ahí se quedó.
Capitán: *(Se lleva la mano a la frente)* ¡Pff! En fin… *(Mirando a Teniente)* ¿Qué es lo que quieres que te explique?
Teniente: En estos tiempos convulsos de destructores, buques escolta y otros barcos de tendencias modernas, dígame, ¿cómo puede seguir un submarino como el suyo a flote? O… mejor dicho, hundido, je, je.
Capitán: El típico chiste que hacemos todos *(sonriendo levemente)*. Verá, Teniente, el océano es… vasto, descomunal, incontable, y hay para todos, por un lado, pensemos en todos esos barcos que acaba de citar, ellos cogen su trozo del pastel hasta… ¡el horizonte! Así es. Pero el océano también tiene otras dimensiones, y estoy hablando de… ¡las profundidades! Que es ahí donde… ¡es mío y de mis hombres! ¿Comprende?

Teniente: Entiendo, pero… Parece todo muy metafórico.

Capitán: No, no hay metáfora ninguna. Son cosas tangibles, y claras como el agua salada.

Teniente: Por ejemplo, Capitán. ¿Dónde está la sala de máquinas?

Capitán: *(Mira a Oficial)*

Oficial: *(Levanta el brazo y señala en un sentido)* Por ahí.

Teniente: ¿Y hay más salas importantes?

Capitán: *(Mira a Oficial)*

Oficial: *(Levanta el brazo y señalando el mismo sentido)* La de lectura y estudio.

Teniente: Todo suena muy… ¡a monasterio! ¿No, capitán? Un monasterio bajo las aguas si me permite el chiste. Que en estos tiempos modernos quizás no genere muchos seguidores…

Capitán: Ah, no, no *(Mira a oficial)* ¡Acompáñele a la discoteca!

Oficial: ¿A la sala de cine, teatro, y escenarios musicales, no, Capitán?

Capitán: Sí, a esas también, que se documente bien, a ver si se van a pensar los jefazos que estamos aquí todo el día con togas y meditaciones.

Teniente: *(Sorprendido)* ¿Discoteca, cine, teatro? Todo eso… ¿en un solo submarino?

Oficial: *(Levantando las cejas)* ¡Esto solo es el principio!

Capitán: *(A oficial)* ¡Buena idea! Le llevas también de principio a fin, pasando por el laboratorio de investigación, vacunas, nuevas tecnologías y todo lo demás…

Oficial: *(A Teniente)* Sígame. El submarino tiene varias plantas, estamos en la de arte pero la de abajo es completamente diferente, no pierda detalle de todo lo que va a ver…

(Salen de la sala de mando el oficial y el teniente. Queda el capitán, técnico de comunicaciones, oficial 2 y algunos marineros más)

Capitán: ¿Cómo está arriba?

Técnico comunicaciones: Despejado, capitán.

Capitán: ¿Salió el sol?

Técnico comunicaciones: Me refería a destructores y buques escolta.

Capitán: ¡Periscopio! Quiero ver si hay sol…

(Baja el periscopio, el capitán mira por él)

Capitán: Hum, ni una nube, veo a lo lejos algún avión sobrevolando pero… parece de publicidad.

Técnico comunicaciones: Capitán, hay un portaviones no muy lejos de aquí, se está celebrando una ceremonia de premios de cine.

Capitán: ¿Les alcanzaríamos con torpedos de grandes clásicos?

Técnico de comunicaciones: Sin problema.

Capitán: Lancen torpedos 5 al 8. Que si no recuerdo mal… *(mira a oficial 2)*

Oficial 2: Es Buñuel, Wilder, Orson Welles y… Chaplin, mi capitán.

Capitán: Pensé que había uno de Kurosawa, con lo que me gusta.

Oficial 2: Está en fabricación, mi capitán.

Capitán: ¡Superficie!

Oficial 2: ¿Superficie ahora?

Capitán: *(A oficial 2)* Abra escotilla, hombre, que quiero tomar un poco el sol.

Oficial 2: ¡Loción solar!

(Marinero entrega bote a oficial 2. Pasa un rato hasta que el submarino llega a la superficie)

Capitán: *(Mientras sube escaleras)* Y mientras tomo el sol pueden ir lanzando los torpedos ya que se pueden hacer dos cosas a la vez, ¡eh! Por cierto, avisen al portaviones que vengan a recogerme que creo que tengo invitación para esa gala.

Técnico comunicaciones: *(Sorprendido)* ¿Pero no es el que estamos torpedeando?

Capitán: ¡No! Ese portaviones no, decía el otro…

Técnico de comunicaciones: ¿Cuál, mi capitán?

Capitán: ¡El de música reguetón!

(Todos le miran asombrados)

Capitán: ¿Qué? Que quiero que me firmen un par de discos, es… ¡para mis hijos! ¡Me lo han pedido! *(Sonríe)*

(Todos se miran entre ellos sin dar crédito a lo que ha dicho el capitán)

Encuentros en la tercera frase

Las bailarinas se movían como si tuvieran una descarga de 1000 voltios en sus cuerpos mientras agitaban sus brazos de manera hipnótica. En el medio de estas un cantante con chándal, gorra y gafas de sol levantaba sus brazos desafiante sin quitar su mirada de la cámara, se llama "Mr. Meloco-Motodo" "Así, no paréis" decía el director. Había cables por todo el suelo del plató. Una mujer con gafas de pasta azul susurraba algo a un hombre vestido con traje que miraba todo lo que sucedía entre bastidores:

- Son buenos, creo que podrían servir, Manuel.
- ¿Tú crees? Tengo mis dudas…
- Míralos, se comen la cámara, además, es lo que se lleva.
- Ya, por eso, temo que sea más de lo mismo, Cecilia.
- Que no, servirán. Tengo un sexto sentido.
-

Ha pasado una semana. Es luna llena. En un descampado alejado de la gran ciudad el viento, frío, sopla con fuerza. Aquella noche todo está preparado para el gran espectáculo. De nuevo, la iluminación está dispuesta, el suelo lleno de cables, los cámaras preparados para empezar a rodar. El director habla con el cantante y las bailarinas, tras él, está el hombre de traje y la mujer de gafas de pasta azules.

- Está bien, como os he comentado, la diferencia es que actuaréis para alguien pero no habrá ninguna diferencia más.

- ¿Ante quién? ¿Por qué tanto secreto? - preguntó Mr. Meloco-Motodo, algo malhumorado.

- ¡Sí, joder! ¿Frente a quién? ¿Es que es el presidente de algún país? - dijo una bailarina por encima del hombro del cantante.

- ¡Seguro que sí! - añadió otra, frotándose los brazos - Me estoy helando aquí.

- Accedisteis a venir - intervino el hombre con traje - Por eso os pagamos lo que nos pedisteis.

- Ya, pero no con este frío… Mis chicas se están helando - contestó el cantante- ¿No podemos rodar en otra parte?

- El contrato dice que está es la ubicación, Mr. Meloco - dijo la mujer de gafas de azules.

- ¡El contrato no decía que vamos a morir helados, capullos! - contestó el cantante mordiéndose el labio inferior y levantando un puño.

- Tranquilo, Mr. Meloco. - dijo el hombre del traje, con un tono conciliador - Como no sabíamos que las condiciones climatológicas iban a ser estas, hemos decidido doblar la cantidad, ¿os parece?

El cantante se dio la vuelta y miró a sus bailarinas. Estas saltaban de alegría. "¡Me voy a comprar un bolso de diamantes!" "¡Y yo unos zapatos con calefactores!"

El director dio una palmada en el aire y dijo:

- ¡A perrear!

El hombre del traje dio un paso al frente y mirándoles dijo:

- Recordad, tenéis que actuar mirando hacia allí - y señaló en dirección a un bosque colindante con el descampado. Este tenía altos árboles tupidos, oscuros, sin revelar ni un solo detalle de lo que había dentro.

- Vale, como si tengo que mirar hacia la luna… - contestó Mr.
  Meloco sonriente, como si hubiese acertado con la mejor de sus
  frases.
Todas las bailarinas le rieron el chiste y una dijo:
- ¡Si nos pagáis hacemos el pino también, Papito!
Todos los presentes se rieron, incluido todo el equipo del rodaje.
Estos se miraban, asintiendo, como si comprendieran, aunque no se
sabía exactamente qué.

La canción iba a comenzar... El escenario se llenó de focos. Las
bailarinas decían "Acércamelos más, nene, que dan calorcito".
Los maquilladores dieron sus últimos retoques en sus rostros. El
director hablaba con los cámaras para darles unas últimas
indicaciones y el hombre del traje y la mujer de las gafas azules lo
miraban todo entre bastidores.
En un momento Mr. Meloco-Motodo empezó a moverse
pavoneándose, acompañado de sus bailarinas, que no paraban de
agitar sus cuerpos como si llevaran en sus caderas altas corrientes
eléctricas. Sonaba su famoso tema *"Toma, Mamita, otra
palmadita"* y aquella noche de luna llena, ante los ojos de todos
parecía que era la noche perfecta. El director mostraba en su cara
una expresión de satisfacción como nunca la había tenido y
dándose la vuelta miró al hombre del traje que le devolvió la
sonrisa con complicidad. No había duda, lo estaban bordando
para… Fuera quien fuera.

"Toma, Mamita, otra palmadita.
Con el pum, pum, con el pum, pum,
toma, toma.
Sabes lo que te digo, pum, pum.
Porque loca, loca,
me tienes loca,
en mi rosca, en mi rosca, con tu cosa,
Con tu cosa, con tu cosa, en mi boca,
deseosa.
Toma, toma, Mamita, otra palmadita.
Quieres que haga, y lo hago, y te meto… pum, pum.
y lo quiero, y lo quiero, lo deseo, pum, pum.
Estoy caliente, vente, caliente, pum, pum,
Soy ese, el que sabe, tú quiere, mi amor
Estoy duro, yo quiero, tú tiene, ya voy,
Pa eso, pa esto, pa mí, pa ti
Toma, Mamita, otra palmadita.
Con el pum, pum, con el pum, pum,
toma, toma".

Cuando finalizó la canción hubo un aplauso generalizado. Mr. Meloco-Motodo sonreía aplaudiendo y abrazaba a todas las bailarinas. Luego se acercó al director y dándose un apretón de manos dijo: "Tío, creía que iba a salir de los árboles esos alguna nave y nos iba a llevar pa' otro lugar… muy lejos, rollos de esos, ¿sabes?"

- Venga, ¡qué imaginación tienes, Mr. Meloco! Una nave ja, ja, ja…

- Sí, tío, o movidas muy raras, un monstruo satánico que se zampa a mis bailarinas… - Mr. Meloco le guiñó un ojo y dijo - ¡Como están tan ricas!
- Venga, hombre, Mr. Meloco, ¡cómo íbamos a traeros aquí para sacrificaros como si fueseis ganado! - el director lanzó una carcajada y luego giró su cabeza mirando al hombre del traje, quien les observaba, junto a su ayudante la mujer de las gafas azules, con una mirada oscura y perversa.

El cantante se sintió en una situación que no había vivido nunca pues mientras veía reírse al director el resto del equipo de rodaje se les aproximaban como siendo espectadores de lo que estaba ocurriendo. Las miradas de los cámaras, de los técnicos de sonido y de iluminación, maquillaje, ayudantes de producción, nadie faltaba en esa conversación entre Mr. Meloco y el director. Cuando se dio cuenta todos le habían hecho un corro y en el medio estaba el cantante y sus bailarinas mirando aquel perturbador momento:
- ¿Qué hacéis? ¿Vais fumados o qué? - dijo una bailarina.
- A mí que se les ha ido la pinza con tanto frío - dijo otra.
Otra de ellas fue más práctica, sin dudarlo salió de allí dándoles un empujón, y al grito de "¡Apartad, fracasados!" les sacó el dedo mientras se alejaba. Una vez que el extraño círculo de rodaje se había abierto, por donde salió la bailarina salieron los demás: las otras bailarinas y Mr. Meloco, el último. Antes de irse se volvió y dijo mirando al hombre del traje:
- Quiero el dinero esta noche en mi cuenta u os va a caer una demanda que… ¡por mis huevos que os cae!
Se subieron a sus coches deportivos de colores y pisando el acelerador les dejaron bajo una gran nube de humo en medio del descampado.

Tras un breve silencio en que todos se miraron reinó el alboroto y
las risas al momento, el director gritó:

- ¡Corten! ¡Ha sido un éxito!

De pronto todos miraron hacia el bosque callados y empezaron a
encenderse pequeñas luces. ¿Y si Mr. Meloco-Motodo tenía razón
y estaban haciendo un peligroso ritual que solo sus fieles
entendían?

De pronto, entre los tupidos árboles una figura emergió
provocando las miradas embrujadas de todos, y cuando estuvo lo
suficientemente cerca la luz de la luna hizo brillar lo que esta
adorada criatura llevaba al cuello: Un número ingente de collares
de oro, acompañados de los anillos que llevaba en sus dedos. Sin
olvidar su gorra puesta para atrás y sus pantalones anchos, con sus
deportivas último modelo.

Entonces fue él quien rompió el silencio:

- ¡Ha sido una pasada, tíos! Lo hemos grabado todo.

Tras él salía de los arboles el verdadero director del videoclip
diciendo:

- Perfectísimo. Va a ser un bombazo…

El hombre del traje se acercó a la figura de los collares y se dieron
un apretón de manos:

- ¿Te ha gustado el casting que he hecho?

- Joder, tío, casi se me saltan las lágrimas, has convencido a mi
  rival para que actúe en mi propio videoclip.

El hombre del traje se sacó unos papeles del interior de la chaqueta
y le dijo:

- Mira, aquí está, lee.

*"...El firmante se compromete a actuar con una de sus canciones
a cambio de la cantidad... en el descampado.... la noche de... tras
la actuación recibirá la cantidad acordada siempre que no ponga*

ningún tipo de objeción a que la actuación sea frente al público que escojamos, es decir, nos guardamos el derecho de elegir al público, es esta la condición que exponemos… Nos comprometemos a indicar que su seguridad no será puesta en peligro…"

- Si no os hubieseis escondido tu rival se hubiera negado pero de esta forma - siguió explicando el hombre del traje - pensó que actuaba frente a un bosque y sin hacer más preguntas picó.
- ¡Sí, sí, lo he pillado! - dijo la figura de los collares, que no era otra sino el rival de Mr. Meloco-Motodo, Papito ElJefe Aquí - ¿Y entonces ahora qué vais a hacer con su música, tíos? ¡Porque esa basura no la quiero!
- Ah, tranquilo - contestó el director verdadero - Usaremos solo las imágenes y de fondo pondremos tu canción. Además meteremos todo… Incluida la rallada del final de que Mr. Meloco se piensa que le iban a matar, será un videoclip que haga historia como… como…
- ¡Como el nuevo Thriller de M. Jackson! - dijo la mujer de las gafas de pasta azul.
- ¡Exacto! - contestaron los directores con los ojos salidos de sus orbitas y señalándola.
- Pero… ¡Esperad un momento, tíos! - interrumpió Papito ElJefe Aquí - ¿Y los derechos de imagen de Mr. Meloco? ¡Me demandará por meterle en mi videoclip haciendo playback con mi canción!
- Ah, no, no - dijo el hombre del traje - Aquí en el contrato hay una condición extra que ni siquiera leyó pero firmó y dice:

"Nos reservamos el derecho de usar las imágenes para cualquier tipo de fin, incluidos fines comerciales de cualquier otro artista"

- Aquí está escrito muy clarito, Papito - dijo el hombre del traje
   sonriendo, mientras señalaba las hojas con uno de sus dedos.
Todos se miraron y tras unos segundos de silencio se oyó un
aullido en la lejanía del bosque.
Entonces, Papito dijo cantando:
"¡Toma, Mamita, otra palmadita!" y estalló la carcajada
generalizada.

Epílogo:

Cuando todos estaban desmontando todo el material del rodaje,
tanto el falso como el que había escondido en el bosque,
metiéndolo en el interior de los camiones y las furgonetas, y Papito
Eljefe Aquí hablaba con los directores y el hombre del traje sobre
los últimos puntos importantes de su videoclip una luz proveniente
del cielo les cegó, iluminando la parte entera del descampado.

Todos subieron sus cabezas y en aquella noche helada, bajo la
luna, un gran objeto volador no identificado les sobrevolaba a
todos expectante, estaban aterrados, ¿qué era aquello? ¿Acaso una
broma de Mr. Meloco que les estaba devolviendo la jugada?
¡Ojalá! La luz les absorbió como si fuera una pajita de un niño en
un vaso de batido de chocolate, desapareciendo en el interior de
aquella nave.
Y justo cuando iba a desaparecer en el cielo, entre las estrellas de
la noche, se oyó en alguna parte del bosque un "Calla, gilipollas"
que… les delató. Así, el objeto desvío su trayectoria y se posó de
nuevo, expectante, sobre el bosque; tras unos segundos, aquella luz
rebañó al resto del equipo, que eran, irónicamente, dos técnicos de

sonido, ¡que son los que mejor saben cuándo debe haber silencio en cada escena!

Así, si nadie ha visto aún el nuevo videoclip de Papito Eljefe Aquí es porque no se conoce todavía el paradero de todo el equipo del rodaje, incluido él.

 A día de hoy el gran perjudicado, y en parte engañado, Mr. Meloco-Motodo, y sus bailarinas, siguen en busca del estafador hombre del traje, demandado por impago, y para…

Ajustarle las cuentas a su modo:

"Toma, Mamita, otra palmadita. Con el pum, pum, con el pum, pum, toma, toma".

Gran Cuervo: *Mi Cuervo bonito*

Gran Cuervo montaba su caballo negro ascendiendo camino del tenebroso castillo. Tenía que hacerse con un buen saco de monedas y tras mucha hambre y penurias atravesando las tierras de Viljul vio su oportunidad al liberar a un emisario del rey, del reino de Kachispou, de las garras de unos bandidos que querían despojarle de todo lo que llevaba, incluido su carcomido calzoncillo. Gran cuervo no se anda con medias tintas decapitó a los dos hombres de mala vida con dos espadazos y tan encantado quedó el emisario que le dijo:

- Venid a ver al rey, él estará agradecido por este servicio que habéis hecho salvándome y más agradecido estará si me acompañáis a llevar el mensaje que debo llevar al castillo de Brayamiedis, una fortaleza abandonada desde hace siglos, donde viven unos pocos hombres que lo han tomado haciéndose llamar los Bárbaros del milenio.

- ¿Los bárbaros del milenio? ¿Y para qué querría vuestro rey llevar un mensaje a tales rufianes?

- Mi rey ha recibido la herencia de un primo lejano de la tierra de Salpitanka donde se encuentra este hermoso y oscuro castillo y llevo la orden de desalojarlo para que puedan venir sus súbditos, ya que usará este sitio para sus fiestas más pomposas, donde acudirán condes, duques, barones y… hombres de buenas familias.

- Comprendo. Y lleváis el mensaje de que los Bárbaros del milenio abandonen el castillo sí o sí, ¿no?
- ¿Sí o sí? - preguntó el emisario extrañado mirando al caballero de Gran Cuervo - ¿Eso no es una contradicción?
- Es una expresión que suelo emplear para decir que pongan sus posaderas fuera del castillo antes de que mi espada los haga filetes de jamelgo.
- Oh, claro, y si así se lo dice un guerrero de su valía seguro, ya les veo corriendo espantados, estoy seguro de que el rey os dará un buen saco de monedas de oro si lo lográis. ¿Os apuntáis a la misión que tengo encomendada?
- Me apunto, porque creo que vuestro rey, el rey del reino de Kachispou, tiene fama de hombre justo y sabio, y por ende, me tratará con justicia y sabiduría si contribuyo a ampliar las riquezas de su reino.
- Tenedlo por seguro, por eso os lo digo, que si dudara no os lo diría y preferiría ir solo que ir con dudas atormentándome.

Gran Cuervo aceptó el trato y ambos, a caballo, fueron camino al castillo de Brayamiedis.

El emisario se llamaba Porzibal, era alto, desgarbado, y nervioso de movimientos. Llevaba una mochila con queso, pan y frutas, y un saco de monedas para hacer noche en las posadas donde tuviera que parar. Dijo que estuvo en una donde le sirvieron el mejor jabalí que había probado y que era muy barato, Gran Cuervo vio que racionaba acertadamente las monedas, y hasta notó cierta tacañería cuando dijo que en lugar de postres en las posadas prefería comer las frutas que iba cogiendo de los árboles. Alguien que trabaja como emisario del rey no debería de escatimar en gastos, desde luego que Porzibal era un hombre bastante especial.

- También estuve la noche pasada en una, cuya moza que me sirvió dijo que subía a la habitación por unas monedas más.

- ¿A un emisario del rey? - dijo Gran Cuervo, girando su cabeza sorprendido, a la vez que balanceaba su melena negra,
- Sí, fue muy atrevida y sus ojos eran tan grandes y bonitos como… ¡sus pechos! ¡Unas caderas voluminosas y… un pandero que levantaría hasta los muertos!
- No tiene que decirme más, subió y se sirvió bien de ella.
- ¿Está bromeando? ¿Un emisario del rey? ¡Qué desprestigio sería si el rey se enterara que en misión real ando de rameras!

Verdaderamente Porzibal era especial. Lo que no dejó de sorprenderle a Gran Cuervo.

- ¿Y vos, guerrero, a dónde ibais? - preguntó el emisario, con alegría y curiosidad.
- Voy buscando trabajo, necesito oro para resucitar a mi cuervo.
- ¿Resucitar? ¡Oh! ¿Qué historia es esa tan sorprendente? ¿Y por eso os hacéis llamar Gran Cuervo, supongo?
- Exactamente, nunca nos separábamos - el guerrero miró hacia el horizonte con la mirada soñadora - Yo decía, cuervo bonito, cuervo bonito, y él a mi llamada venía como loco y se posaba en mi hombro, era un alma pura y buena, lleno de inteligencia y lealtad hacia mí pero… Un día, mi señor, al cual yo servía, en un alarde de… ¡Agg, para mí es sin duda la peor de las maldades! mientras lanzaba flechas en el campo de juego, rodeados por todos sus sirvientes, vio pasar mi cuervo, mi cuervo bonito, porque… voló de mi hombro al ver un roedor y con la mala fortuna que pasó por delante de mi señor, y él sabía que era mi cuervo y que le amaba con locura, y una flecha no se dispara así como así, él todavía no había disparado pero al verle pasar, abandonó la diana y la disparó hacia él, contra mi cuervo bonito… ¡mi cuervo bonito!… - decía Gran Cuervo, emocionado, y muy afectado en su voz por recordar aquel momento.

112

- Vaya, debisteis quererle mucho por cómo lo contáis.

Gran Cuervo se giró y miró a Porzibal con la mirada bañada en lágrimas.

- No os imagináis cuánto. Entonces… llevado por la ira, cogí a mi cuervo, a mi cuervo bonito, y le saqué la flecha del cuerpo mientras todos reían como si tuviera alguna gracia la muerte de un animal así, a manos de los hombres, miré fijamente a mi señor y le dije: "Vos… Vos… habéis matado a mi cuervo bonito… mi amado cuervo…" y él me contestó: "Tranquilo, hombre, ha sido un accidente… Te buscaré otro, no te pongas así…" y los sirvientes reían viendo cómo sostenía a mi cuervo muerto entre mis brazos. Mi cuervo bonito… que era un santo… un santo inocente… ¡eso es lo que era!

- ¿Y qué es lo que hicisteis?

- Nada, mi señor siguió disparando flechas y yo me retiré del campo de juegos, pero… a la noche, cuando todos dormían penetré en su cuarto en sigilo y desenvainando mi espada con toda mi ira la hundí en su pecho… Luego salí sin que me oyeran y escapé de las tierras de mi señor con mi cuervo querido. Me han dicho que hay una hechicera que lo puede resucitar pero ella es una amante del oro y no hay otra cosa que le interese más que este metal precioso, así que aquí estoy reuniendo las monedas suficientes para que me lo resucite… Y aquí a la espalda, en mi bolsa, llevo a mi pobre amigo. Debo darme prisa, lo he envuelto en unos ungüentos para que no se descomponga, la hechicera me ha dicho que no puedo demorarme más de un ciclo lunar.

- Es una historia increíble, Gran Cuervo. Sois, de algún modo, un fugitivo. Habéis matado a vuestro señor por… por… - el emisario miró al caballero con miedo en su mirada - vuestra ave y eso, a ojos de muchos es un delito muy grave. Vuestro señor ya está muerto pero si alguien está vengando su muerte pedirán por vos vuestra cabeza.

- ¡Que la pidan! ¡Bien valen mil vidas como la de mi señor la vida de mi cuervo bonito! Y lo resucitaré pues no hay animal más leal e inteligente, más bueno y cariñoso que este.

- Os creo, os creo… Bueno, Gran Cuervo, vuestra fama os procederá entonces… en bastantes lugares supongo.

- ¿Por qué decís eso?

- Pues porque una noticia así vuela más rápido que el viento. No sé si debería presentaros a mi rey, quizás él esté buscándoos por amistad del señor al que matasteis - dijo Porzibal, temeroso, sabedor de que Gran Cuervo iba a molestarse.

- ¿Cómo osáis ahora a retractaros de vuestras palabras? ¡Porque yo os haya contado la historia de mi cuervo bonito! - dijo el guerrero cogiendo de las vestiduras al emisario.

- Pero… Pero… Compréndalo… Yo… yo solo estoy ahorrándole que pueda ser ejecutado a manos de mi señor…

- ¿Vuestro señor, el rey de Kachispou? ¿Acaso no era ese el rey sabio y justo del que todos hablan? Pues si pura y limpia tiene su alma comprenderá los motivos que me llevaron a matar a mi señor, de todos modos, miedoso lacayo, os diré que mi señor nunca conoció al vuestro y que lo que decís no va a suceder…

- Pero… Pero… Gran Cuervo, pensadlo, ¿y si las noticias llegaron a sus oídos?

- Pues si llegaron él comprenderá mis motivos como os acabo de decir.

- Pero… ¿Y si no? - volvió a preguntar Porzibal, insistente.

- ¡Mira que sois terco y obtuso de entendederas! Sacaría mi espada ahora y os haría mil filetes de jamelgo pero… necesito ese oro para resucitar a mi cuervo, mi cuervo bonito - dijo el caballero con pena en su rostro, acordándose de su amigo.

114

- Escuchad, haremos… haremos algo… Iremos primero al castillo de Brayamiedis y allí haréis vuestro trabajo, quiero decir, desalojaréis a quien tengáis que desalojar, entonces… Os quedaréis con todo el oro que haya, porque estos Bárbaros seguro que tienen un buen botín con todos los pueblos que han saqueado… ¿qué os parece? Yo no diré nada a mi señor, tenedlo por seguro, es promesa de fiel emisario, solo regresaré a las tierras de Kachispou y le diré a mi rey que el castillo ya está listo para ocuparlo… ¿No soy un genio, eh, decidme?
- Sois un genio para que no os haga filetes… Sí, tenéis una buena idea - dijo Gran Cuervo con el rostro pensativo - Seguro que allí encontraré más oro del que nunca hubiera imaginado, y mi cuervo podrá regresar de entre los muertos. Decidme, ¿cuánto queda para ese castillo?
- Pues queda… - Porzibal frunció el ceño, miró hacia el horizonte y dijo señalando hacia el frente - subir esa montaña, y ahí arriba lo encontraremos.

Y como dijimos al principio de esta historia, ahí estaba Gran Cuervo montando su caballo negro, ascendiendo camino del tenebroso castillo, acompañado a su lado otro caballo, con aquel desgarbado, tacaño y negociante emisario. Se preguntaba si no habría algo más que él no supiera, pues cuanto más tiempo pasaba con él más le sorprendía con cosas nuevas. Antes de llegar a la puerta del tenebroso castillo, Gran Cuervo había ideado un plan, rodearlo para intentar trepar y colarse por una de sus ventanas, se lo había ido explicando a Porzibal, y este asentía comprendiendo pero recién terminado de explicárselo dijo el emisario: "No, mejor acerquémonos a la puerta, puede que nos abran en señal de paz y ya una vez dentro atacamos". Gran Cuervo dudó de que fuera un buen plan, de hecho le pareció que era meterse en la boca del lobo, había que pillarles desprevenidos, pero Porzibal dijo: "Escucha,

Gran Cuervo, esos Bárbaros conocen a mi rey, porque mi rey es conocido en todos sitios, así que seguro que abrirán porque intentarán saber primeramente cuál es su mensaje". Gran Cuervo aceptó la idea de su insistente compañero, quizás hasta tuviera razón. Al llegar frente a la puerta Porzibal gritó: "¡Abrid las puertas, vengo en nombre del rey Emeriljal, dueño de las tierras de Kachispou, tenemos un mensaje para vosotros!". Al principio no sucedió nada. Gran Cuervo sonreía orgulloso, sabía que no iba a funcionar, pensó. Pero al rato… La puerta se abrió, ¡el emisario tenía razón!

Penetraron guiados por dos bárbaros, iban armados, no eran muy corpulentos, más bien delgados y de gran estatura. Al llegar al salón real avanzaron por una larga alfombra roja y quedaron enfrente del rey de los Bárbaros:

Porzibal: Buenas noticias os traemos.

Rey de los bárbaros: ¡Porzibal! ¿Qué hacéis con este?

Gran Cuervo: *(Mirando a Porzibal sorprendido)* ¿Le conocéis?

Porzibal: *(Distanciándose de Gran Cuervo y siendo escudado por varios hombres)* He venido con él todo el viaje… Menuda historia tuve que inventarme… Me le encontré mientras saqueaba junto a mi compañero a un emisario del rey Emeriljal.

Rey de los Bárbaros: ¿Encontraste a un emisario del rey Emeriljal? ¿Y qué os contó ese diablo?

Porzibal: Nos contó que venía a este castillo para que lo abandonarais porque lo había heredado su rey por un primo lejano. *(Todos ríen, menos Gran Cuervo que escucha con atención)*

Rey de los Bárbaros: ¡Oh, un desafío! ¡Qué miedo! *(Ríe y todos ríen también)* ¿Y?

Porzibal: Pues que le dije que se quitará el atuendo y me vestí con él, mientras el emisario se puso mi ropa, mi idea era ahora ir por los pueblos con algún cuento como que el rey ha subido los impuestos y sacarles los bienes sin que tuviera que matarles porque… *(resopla)* Me aburre ser tan bárbaro… Prefiero que me den sus bienes, si lo pensáis, si vuelvo al mes seguro que me darán más ¿no es esto mejor que matarlos? *(Todos ríen).*

Rey de los bárbaros: Bien pensado, Porzibal, dentro de poco te nombraré mi consejero *(Todos ríen de nuevo).* ¿Y qué tiene que ver este que traéis aquí que no lo entiendo?

Porzibal: ¡Este! *(Señalándole)* ¡Este es el causante de que mi plan se haya ido al traste! Nada más vernos a los tres creyó que yo era el emisario que estaba siendo robado por los otros dos y… ¡Pam! Con la espada decapitó a mi compañero y al real emisario. Por eso le he engañado para que me acompañe hasta aquí y que vos seáis el que juzgue que haya matado a uno de nuestros hombres.

(El rey se queda serio unos segundos, todos le miran esperando una respuesta, entonces estalla en carcajadas)

Rey de los bárbaros: ¡Ay, pártame un rayo mandado por los dioses! ¡Nunca había escuchado una historia tan divertida! ¡Ay! ¡Esto es lo mejor que he escuchado en mi vida! *(Mirando a Gran Cuervo)* ¿Puede haber tal bufón en la faz de la tierra como vos? ¡Bailad bufón, haced algo! ¡Que quiero reírme más! *(Todos ríen y dan palmas)*

Todos: ¡Baila! ¡Baila! ¡Baila!

(Gran Cuervo les mira y luego empieza a moverse, con movimientos lentos agita sus brazos, y levanta las piernas de forma acompasada simulando el vuelo de un ave. Entonces, con un movimiento rápido desenvaina la espada y la lanza contra la cabeza del rey de los bárbaros matándole en el acto. Todos gritan horrorizados, ninguno se atreve a hacer nada, Gran Cuervo va hasta el rey paseando lentamente)

Gran Cuervo: ¿No hacéis nada ahora, cobardes? ¿Quién quiere enfrentarse a mí ahora que vuestro jefe ha muerto? ¿Quién? *(Hace amagos de moverse hacia algunos soldados pero estos retroceden asustados)* ¡Cuidado, que… os como! Ja, ja, ja *(Llega hasta el rey y saca la espada de su cabeza, este se desploma de su trono y Gran Cuervo se sienta en su lugar)* Y ahora… Tú, tú y tú… Me gustaría que me trajerais todo el oro que hay en el castillo y lo depositarais *(señala con su espada frente a él)* Aquí. *(Salen corriendo a por el oro)*
(Gran Cuervo mira al resto)
Gran Cuervo: ¡Y todos los demás largo de aquí! ¡El castillo es mío! ¡Largo! *(Salen todos los soldados espantados)* ¡Eh, menos tú! *(Señala a Porzibal)* ¿Tú no eras el emisario del rey Emeriljal?
Porzibal: Yo… Yo… *(Mira para atrás y espera a que se hayan ido todos los bárbaros)* Señor… Gran Cuervo… Yo… os diré la verdad… *(susurrando)* Era todo una mentira para hacer creer al rey de los bárbaros del milenio que yo era uno de ellos… Y así cuando me aceptara les robaría todo el oro para poder dároslo…
Gran Cuervo: *(Riéndose)* ¡Mira que sois despreciable! Incluso habiendo oído cómo, de boca del rey que acabo de matar, salía vuestro nombre, Porzibal os llamo, y os trato como a uno de los suyos, ahora me venís con cuentos chinos… Pero, Porzibal, entre nosotros, fuisteis un buen compañero de viaje y creo que, por eso, no os mataré…
Porzibal: ¿No? ¿De verdad?
Gran Cuervo: Claro que no, que os juzgue vuestro propio pueblo… *¡por traidor! (señalando a los bárbaros que traen el oro y que ahora están situados tras Porzibal)* Gracias por el oro, dejadlo ahí y largaos, ah, llevaos a este traidor que como acabáis de escuchar renegaba de vuestra sangre e… ¡intentaba unirse a mí, el infeliz!

(Los tres bárbaros cogen a Porzibal, el cual va gritando "¡No, por favor, soy un emisario, soy un emisario del rey Emeriljal!" y abandonan el castillo).

Gran Cuervo se queda solo, en silencio, sentado en el oscuro trono del castillo de Brayamiedis, mirando el oro que tiene enfrente, viéndolo relucir en la penumbra de la sala real.

Gran Cuervo siente las lágrimas caer de sus ojos, mientras con un suave hilo de voz dice:

"Mi cuervo bonito, mi cuervo bonito…"

Gran Cuervo 2: *La hechicera*

Gran Cuervo avanzaba por el estrecho camino que le llevaba a la cabaña donde vivía la anciana hechicera. Al llegar a la puerta esta se abrió como si supiera de su llegada, el interior estaba en penumbra y una voz le dijo "¿Ya tienes suficiente oro?" Gran Cuervo dijo:

- Sí, tengo el que me pidió, aquí tiene - y dejó en el suelo uno de los sacos que había conseguido en el tenebroso castillo.

- ¡Oh! ¡Oro! - dijo la anciana abriendo el saco con sus pupilas dilatadas - ¿No te parece bello el oro, valiente guerrero?

- Sí, es bello pero… Más bello es mi cuervo – respondió, desenvolviendo las telas donde estaba el pájaro muerto.

- Ay, tu pajarito, sí… - contestó acariciándolo con una mano mientras le miraba con ternura - No te preocupes, tráelo aquí.

La anciana le señaló una olla hirviendo y dijo:

- ¡Échalo dentro!

- ¿Dentro? ¿Acaso se va a hacer un guiso con él, vieja loca! - le replicó enojado el guerrero.

- No tienes fe… Ese es tu problema… Desconfías y… así… aunque traigas todo el oro del mundo… ¡Tu pájaro no resucitará! - le regañó la anciana mirándole enfurecida.

- ¿Entonces para qué quiere que eche a una olla hirviendo mi cuervo bonito?

- ¡Échalo, testarudo! - dijo de nuevo la anciana.

Gran Cuervo echó a su querido compañero en el interior de la olla y esta empezó a borbotear saliendo burbujas de color morado a la superficie, la hechicera pronunció unas palabras con los brazos elevados y del interior de la olla empezaron a emerger haces de luz. El guerrero miraba todo absorto y asombrado, cuando la anciana hubo terminado su hechizo algo salió de la olla disparado, como si fuera una estrella fugaz, chocando contra el techo de la cabaña. Gran Cuervo alzó su cabeza y de pronto lo vio, ahí estaba, su querido cuervo revoloteando por arriba con sus bonitas plumas negras. Dio unos cuantos giros más y fue hasta su amo posándose entre sus brazos, este le abrazó lleno de felicidad y ternura mientras sin cesar le besaba…

- ¡Mi cuervo bonito, mi cuervo bonito! ¡Estás vivo! ¡Has resucitado!

La anciana puso una mano sobre su hombro y dijo:

- ¿Alguna cosa más?

Gran Cuervo miró a la anciana y dijo:

- He matado por accidente a un emisario que… iba a desalojar de un castillo a unos bárbaros para que su rey Emeriljal, dueño de las tierras de Kachispou, pudiera ocuparlo. El lado bueno es que yo mismo desalojé a los bárbaros. Y la pregunta es: ¿Debo ir a ver a ese rey y decirle que tiene su castillo libre de bárbaros?

La anciana se llevó una mano al mentón y otra al collar que llevaba colgado al cuello, lo apretaba fuertemente con los ojos cerrados, y hacía pequeños ruidos ininteligibles…

"Eh… Mmm… munimuní… oh… pepepé… champitumm… papapá…" después de un rato miró a Gran Cuervo y dijo:

- Si vas allí cosas terribles te sucederán…
- ¿Será verdad? - contestó Gran Cuervo - Pero… Tengo remordimientos por haber matado a su emisario…
- ¡Ah, remordimientos, pamplinas! ¿Sabes que si no moriréis tú y tu cuervo, no?
- ¿Mi cuervo? - contestó el guerrero abrazando a su pájaro - ¿No puedes decirme qué me pasará allí?
- ¿Para qué quieres saberlo? Con no ir es suficiente… ¿es que te gusta tentar al destino, loco guerrero grandullón?
- Pues… - Gran Cuervo se quedó pensativo - No, no… Está bien así… Muchas gracias, hechicera.

El guerrero se dio la vuelta y se fue con su cuervo negro sobre su hombro. Cuando iba a salir por la puerta la hechicera dijo:

- Está bien… Te lo diré qué te hubiera pasado porque… veo que hay unas pulseras muy valiosas en el saco que me has traído… y resucitar a tu pájaro la verdad es que… ¡me ha costado muy poco! Espera que te lo digo…

Gran Cuervo se dio la vuelta con la alegría de un niño y la miró expectante con sus ojos bien abiertos.

- El rey Emeriljal sabe lo que hiciste con tu antiguo señor.
- ¡Pero eso es imposible! Si mi señor no era apenas conocido y vivía muy lejos…
- ¡Bah, las malas noticias vuelan más rápido que los dragones! Todo el mundo quiere saber los cotilleos y los sucesos de todos los reinos, sobre todo las mujeres que hablan unas con otras más

rápido que… ¡el vuelo de las brujas! ¡Que no, te tomo el pelo!
Je, je.

- Hechicera, ¿me están buscando entonces, sí o no?

- Sí, pero… es poca cosa, porque tu señor vive.

- ¿Vive? - dijo Gran Cuervo lleno de sorpresa - Pero si yo mismo
le ensarté con mi espada como… ¡si fuera un jugoso conejo!

- Ya pero… Seguro que lo hiciste a oscuras, ¿me equivoco?

- Sí, estaba a oscuras, en su habitación. ¡Tienes razón, hechicera!

- ¡Ajá! ¿Ves cómo la tengo? Tu señor desconfiaba de ti porque
sabía que querías mucho a tu cuervo y aquella noche había una
almohada bajo las sábanas. Así que… ¡No le mataste! Pero eso
le enfureció mucho y emitió orden a todos los reinos de busca y
captura por intento de asesinato, a cambio de una generosa
recompensa, claro… La noticia llegó al rey Emeriljal y… si te
hubieras presentado en su castillo te habrían apresado.

- ¡Ah, bueno! ¡Entonces no hubiéramos muerto!

- Espera que terminé, guerrero impaciente: El rey Emeriljal habría
pedido una recompensa mayor que la que tu señor le ofrecía, y
este, por supuesto, se habría negado. Entonces el rey Emeriljal,
que anda un poco apurado de riquezas, aceptaría la recompensa
de nuevo con la condición de que él mismo te mataría y no tu
señor, entonces eso a tu señor no le gustaría mucho, porque
querría tener la satisfacción de matarte él pero… Al final
accedería. Y si me vas a preguntar por qué querría matarte el rey
Emeriljal con sus propias manos es por haber matado a su
emisario. Así que, como ves… No habrías salido del castillo de
Kachispou vivo.

- Pero, hechicera… ¿Y mi cuervo bonito?

- ¡Oh, tu cuervo bonito! Tu cuervo habría escapado por una
ventana del castillo y habría volado hasta las tierras de tu señor
para vengar tu muerte. Una vez allí se habría colado por una

ventana y le habría sacado los dos ojos, matándole, mientras leería un libro, antes de acostarse, llamado *El arte del tiro con arco*.

- ¡Ay, mi cuervo bonito, cómo le quiero! ¡Vengaría mi muerte!
- Así es.
- ¡Entonces mi cuervo no moriría! Dijiste que sí…
- Al intentar salir de la habitación, la mujer de tu señor, al ver cómo mata a su marido a sangre fría, nada menos que sacándole los ojos, le lanzaría a tu pájaro una zapatilla a toda velocidad impactando sobre su pobre cabecita y muriendo al momento. ¿No te parece que mi predicción ha sido más que prolija valiendo todo el oro que contiene este saco?
- ¡Desde luego, hechicera! - contestó Gran Cuervo poniéndose de pie, ya que se había sentado como si estuviese escuchando una historia frente a una hoguera - Creo que ya es hora de irme. ¡Me voy al castillo!

La bruja se quedó ojiplática y gritó:

- ¿Te vas a ir al castillo de Kachispou después de todo lo que te he contado?
- ¡No, al de Brayasmiedis!
- ¿Al de Brayasmiedis? ¿¿Por qué??
- Porque me lo voy a quedar. Ahora que sé que quería matarme el injusto e ignorante rey Emeriljal me quedo con su castillo. Vámonos, cuervo bonito…

Y diciendo estas últimas palabras el guerrero se fue de la cabaña, mientras la hechicera daba vueltas con su cuchara a lo que contenía la olla y se decía para sí:

- Mira, esa no me la vi venir. Es verdad que el futuro tiene… infinitas visiones??

Una historia pre-nuevas tecnologías

La lluvia cae ligera sobre el patio del ayuntamiento, los abuelos corren a resguardarse al bar de tío Manolo, la partida de dominó está a punto de empezar y si no ocurre algo milagroso que lo frene estarán allí hasta la hora de la cena acompañados de algunos vinitos. Ricardo, el lechero, está con la máquina tragaperras que hasta que no le salga el premio no lo va a dejar. Para disgusto de su mujer, la Lola, el sueldo se le va a ir en una tarde como no haga algo y está pensando en bajar con la Nuri al bar para decirle que por qué no las acerca al pueblo de al lado que dan una pequeña obra de teatro en la plaza de la que todos hablan que está muy bien. Va sobre un hombre, Damián, que tiene varios hijos, uno, Juan, está todo el día metiéndose en problemas hasta que conoce a José, un gitano que toca la guitarra con gracia divina, la música se le mete en el cuerpo al muchacho y pronto se ponen a actuar, uno cantando y el otro tocando. Damián también tiene una hija, Marta, que conoce a Carlos, un hombre con mucho dinero, que le promete el oro y el moro y cuando se acuesta con ella la chica es abandonada y va a llorarle a su padre, este se ve incapaz de hacer nada pero el hermano, lleno de ira quiere vengar el dolor de su hermana y va a enfrentarse a Carlos junto a unos amigos del músico gitano, quedando el adinerado gravemente herido. La policía encarcela al hermano como principal agresor y la hermana va a verle una vez a la semana. Allí le cuenta que ella está ahora cantando en su lugar, junto a José, el gitano, y que están cosechando mucha fama y dinero. El hermano se alegra por su hermana y cuando cumple condena y sale de prisión va a ver cómo tocan. Camino a uno de los conciertos el hombre que se ligó a su hermana mata a Juan, como castigo por lo que le hizo. Marta, que ya es famosa y tiene dinero, averigua que fue Carlos el asesino y le engaña para que vuelvan a estar juntos. Cuando Carlos va a la mansión de ella se encuentra acorralado por Marta, José y otros más, allí pide clemencia pero Marta le dice que él no tuvo clemencia con su hermano. Justo cuando van a matarle llega la policía que estaba investigando el caso de la muerte de Juan y les detiene a todos.

Después de saber de qué va, Ricardo no quiere llevar a su mujer con Nuri a ver la obra pero Mariano, que se encarga del transporte de mercancías entre pueblos les dice que él puede llevarlas. La Lola y la Nuri quedan encantadas. Se suben a la cabina del camión y este las acerca al pueblo de al lado, Nuri es soltera y Mariano, que la conoce desde que eran niños, le sigue tirando los tejos, ella le dice que después de la obra se toma algo con él en el bar de la plaza pero a la Lola no le gusta mucho la idea pues Ricardo quiere que ella esté de vuelta pronto a pesar de que no ha querido llevarla a ver la obra. La obra les encanta y durante el transcurso de esta ven a un actor famoso que está entre el público, Javier Pana, la Lola se acerca al finalizar la obra y le pide un autógrafo, el actor se enamora perdidamente de ella, en apenas el rato que pasan juntos, le dice si quiere irse con él, va a coger un vuelo en dos horas y rodará en París una película de un director francés muy conocido. Lola, enloquecida, y sin pensarlo, accede y le dice a Nuri que le diga a Ricardo, cuando le vea, la verdad, que se ha ido con un actor que le gustaba mucho. Así, Javier Pana y la Lola se van a París. En el Moulin Rouge ve un espectáculo de cabaré que le entusiasma. Prueba el mejor champán y los mejores quesos, hacen el amor en el Hôtel George-V y pasa un mes entero con él mientras dura el rodaje. Al finalizar este discuten y Javier Pana, en la cafetería del hotel, le dice que todo ha sido un breve romance y que él la pagará el viaje de vuelta al pueblo. A la Lola se le cae el mundo pero no puede hacer nada, se da cuenta que todo ha sido fantástico, como si hubiera vivido un sueño que era imposible que durase, y le dice que volverá al pueblo. Cuando regresa ve a su marido Ricardo, en el mismo bar, frente a la máquina tragaperras, y le dice que si ya se acabó su aventura con ese galán de Hollywood, ella le pide perdón y él le dice que la culpa es de él porque tenía que haberla acercado al pueblo aquella noche. Van a casa y hacen el amor, luego la Lola habla con Nuri y le cuenta cómo fue su romance de un mes en la capital francesa. A Nuri se le hacen los dientes largos mientras la escucha y al finalizar el relato le dice que está saliendo con Mariano. Este es un hombre bueno y la trata muy bien pero Mariano le ha confesado a la Nuri que si hubiese hecho lo que hizo la Lola con Ricardo le hubiese dado la mayor paliza de su vida. Esto, aunque es solo algo que no ha sucedido, asusta a la Nuri y le pide consejo a la Lola. La Lola le dice que debería dejarle pero lo mejor es que lo hiciese en el bar del pueblo, rodeado de todos, quedan un día a cierta hora en que también estará Ricardo, como de costumbre, con su máquina tragaperras. Pero antes de llegar el día la Lola le comenta a Ricardo que la Nuri va a cortar con Mariano y que lo hará en el bar de Manolo porque su novio es un hombre agresivo. Ricardo dice que corte donde quiera, parece querer quedar al margen de todo y la Lola se apena por la respuesta de su marido. No obstante llega el día y en el bar del pueblo están los abuelos jugando sus partiditas diarias de dominó, Manolo sirviendo vinitos, tapas de jamón, queso y chorizo a diestro y siniestro, las señoras Pepa, Luisa y Mari hablando sobre los últimos chismes que saben en una mesa con varias revistas del corazón, la barra llena de agricultores hablando sobre sus temas, y en la máquina Ricardo, fundiéndose el sueldo, mientras la Lola está sentada en una mesa esperando a que llegue la Nuri y Mariano. A la hora, cuando nada ha cambiado y sigue la misma gente con sus rutinas de la tarde, entra Nuri y Mariano, la Lola les saluda y les dice que se sienten con ella, ellos se sientan y tras un rato la Lola se levanta, según lo planeado, y va a acompañar a su marido para verle frente a la máquina. Empieza la operación cortar con Mariano, se oyen unas palabras acaloradas de la pareja, la Nuri está algo nerviosa, Mariano parece que no tiene buena cara, tras un rato se va. La Nuri dice a la Lola que tiene miedo y esta le dice a Ricardo que se va a dormir con ella esa noche. Cuando ya se hace tarde y la Lola se va a la casa de la Nuri, alguien llama a la puerta, la Nuri ve que es Mariano, y le dice a la Lola que se esconda y así podrá avisar a alguien si intenta algo. Cuando la Nuri abre la puerta Mariano rompe a llorar y le dice que es un estúpido, que él no puede vivir sin ella y que no la deje, la Nuri queda confundida y poco a poco empiezan a encariñarse, no tardan en acabar haciendo el amor mientras la Lola está escondida en un armario, entonces con cautela sale de él y escapa por una ventana, va corriendo de noche hacia su casa y cuando está cruzando una pequeña calle un coche casi la pilla, el conductor se baja y para su sorpresa es Javier Pana. La Lola le dice que qué hace allí y él le dice que es del pueblo de al lado, como ya sabía la Lola, y que pasaba por aquí porque es la única carretera secundaria para llegar hasta él, como ya sabía la Lola, entonces parece que la conversación se termina y ambos no saben qué decir, de pronto el actor le dice que está muy guapa y le intenta pedir perdón, dejándole la puerta abierta para una nueva relación. La Lola se lo piensa, se encuentra con el corazón roto y sabe que este igual que dice A mañana es B, finalmente le dice que si vuelven que cuánto durará el romance y Javier le dice arrodillándose que si quiere casarse con él. De pronto

desde una ventana de una casa se ve un hombre mirando la
petición de matrimonio, abre la ventana y grita a la Lola que se lo
piense bien porque él no vuelve a perdonarla. La Lola dice que sí
al actor, se suben al coche y se van del pueblo. Ricardo les despide
con la mano, sacándoles un dedo, y vuelve a cerrar la ventana. A la
tarde del día siguiente en el bar Ricardo no quiere jugar más a la
máquina tragaperras, está apesadumbrado en una mesa, los abuelos
le dicen que qué le pasa, y él responde que se le ha acabado el
dinero y que prefiere estar tranquilo tomándose un vinito. Al rato
entra la Nuri en el bar y las señoras Pepa, Luisa y Mari que estaban
sentadas van a verla preocupadas, Ricardo se entera de lo que ha
pasado: la noche anterior su novio Mariano intentó agredirla en su
domicilio, la Nuri llamaba a la Lola para pedir ayuda pero allí ya
no estaba su amiga pues se fue, Ricardo recuerda que iban a pasar
la noche juntas, pero habiéndola visto luego irse con el actor le
cuenta la verdad de los hechos, Nuri dice que ella huyó de su
domicilio y fue hasta la casa de su madre, quien llamó a la policía.
No tardaron en arrestar a Mariano y por lo visto, investigando,
tenía un historial de agresiones que muy pocos conocían.
Finalmente la Nuri se queda con Ricardo en la mesa del bar de
Manolo. Ricardo le dice que se encuentra triste y no sabe qué hacer
con su vida ahora que la Lola le ha dejado por segunda vez por el
mismo actor. El tiempo pasa y todo empieza a volver a la
normalidad, tras unas partiditas al dominó con los abuelos y alguna
salida por ahí con la Nuri el ánimo de Ricardo mejora. Cuando
quieren darse cuenta se hacen novios y sus vidas empiezan a
prosperar, Ricardo deja las máquinas tragaperras y la Nuri le
propone abrir una tienda de alimentación junto a ella. Le parece
buena idea, la montan. La empresa les va muy bien y todo el
pueblo, además de otros de alrededor, les apoyan. Una tarde entra
la Lola en la tienda de la pareja para comprar unas botellas de

sidra, mientras alguien espera fuera en el coche. Ricardo y la Lola se miran, el ambiente se puede cortar con un cuchillo de jamón. Ella le dice que si está solo y Ricardo le contesta que está con la Nuri, la cual no está presente en ese momento, la Lola disimula su sorpresa. Ricardo le pregunta si sigue con el actor, y ella le dice que sí, ya tienen un crío. Él les felicita. La Lola le da varias entradas para una premier de una película de su marido en un cine de la capital, luego va a pagar las botellas pero él se las regala. De pronto se abre la puerta del almacén y aparece la Nuri, ambas amigas se miran, justo cuando la Lola va a salir de la tienda. No se dicen nada. Quince días después se estrena la premier y a esta acuden Javier Pana con el reparto entero de la película acompañado de la Lola, con un precioso vestido de cola rojo. Al entrar ella mira, oteando a ver si ve a su ex y a su amiga pero… allí no hay nadie conocido. De pronto, justo antes de apagarse las luces, la Lola ve muchos brazos al fondo moviéndose de manera escandalosa, la están saludando a ella, afina la vista y…
¡Son La Pepi, la Luisa y la Mari! que han acudido con las entradas a la premier.

Carta a un enamorado perdido

Sé que ya no me quieres como antes. Que los intentos son vanos por renacer en ti un poco de amor. Notas que ya todo se apagó como si hubiera en ti cenizas de esa gran hoguera que éramos pero mis paseos por el puerto mientras miro las olas golpear el muelle me traen recuerdos que no puedo ahogar. Ayer vi una gaviota posarse en un bolardo, estaba tan viva, lo miraba todo con curiosidad y con más energía de lo que yo tenía en ese momento. Sentí envidia de su naturaleza. ¡Ojalá yo lo viera todo con sus ojos! ¡Sorprendiéndome de lo que ella ve! Pero ahora todo aparece a mis ojos como a través de un cristal esmerilado. Cuando miraba sus plumas, sus patas en equilibrio sobre aquel elemento metálico, decidió desplegar sus alas libres y echar a volar de nuevo. Recordé cuando tú me abrazabas justo aquí y me decías lo bonito que era estar conmigo. Paseábamos tomando unos helados, tú me cogías la mano y te dije que usaras las dos para disfrutarlo, me contestaste que lo habías pedido de varios sabores y uno de ellos era yo. Me hiciste reír, luego me emocioné hasta llorar. La cantidad de frases bonitas que se pierden en los puertos. La naturaleza es testigo de nuestros derroches de amor, no solo de los nuestros sino de los de todos los enamorados. El universo nos ha creado invirtiendo a saber cuánta energía en nosotros y nosotros la desperdiciamos amándonos. Sé que es una frase pesimista pero visto ahora en este puerto, sin ti, ¿dónde ha ido todo ese amor con que nos quisimos en este sitio? ¿Está bajo las aguas? ¿En el interior de algún barco amarrado? ¿En el pico de la gaviota? Todas esas frases bonitas que tanto me hicieron sentir no están en otra parte, dentro de este vasto universo, que en mí, ni siquiera en ti, que ya las olvidaste. O en mi corazón, como suelen decir. El amor me alimenta como el interior del sol y si quisiera apagarlo sería el acto más cruel que pudiera hacer en este instante, lo más bello que hay en mí debería seguir ahí, como la rosa que aún tiene sus hermosos pétalos, o la mariposa que revolotea mostrando sus más hermosos colores. Aunque solo sea una parte que hay en mi memoria, aunque no pueda tocarse ni olerse, ni siquiera mostrarse. Aunque me preguntarás ¿por qué te alimentas de recuerdos? No podría decir que son solo recuerdos porque lo que hay en una es parte del universo, y al igual que cuando miras las estrellas en el cielo ves cómo lucían hace millones de años, así, en mí, lucen las estrellas que encendimos juntos. Y todo lo que se hizo, se hace y se hará en este gran mundo, en este gran espacio que Dios nos ha regalado, deja su huella, grande o pequeña, incluso si no las viéramos, sé que ninguna es perecedera. Sé que cada acto que realizamos es como una pieza de dominó puesta en fila, y que la suma de todos estos actos teje una infinita red de piezas que escapa a nuestro entendimiento. Cómo vamos a saber a dónde irá lo bello que hemos hecho o lo bueno, cómo vamos a entender, como si fuera una simple partida de ajedrez, que aquello que hemos dado ha contribuido de alguna forma a este vasto universo. Solo puedo abrazarlo y quererlo como si fuera un hijo o una hija, solo puedo sonreír ante todos estos recuerdos que me llegan como olas y dejarlas balancearme, como si fuera una náufraga entre ellos. Pero… ¡una náufraga que no se ahogará en estas olas! sino que la transportarán a las orillas de la memoria. Y si hay tales orillas sé que estarás ahí, y me cogerás la mano de nuevo y me dirás, quiero mostrarte la isla, y viviremos como si nunca nos hubiéramos separado, y todo nos sabrá de nuevo dulce y salado… en nuestros paladares, y los besos serán tan reales como lo es la gaviota que vi ayer y me sentiré volando como si tuviera alas, y todo volverá a empezar, porque en realidad nunca acabó, porque en realidad… los recuerdos son esas pequeñas migas que tiramos en nuestro interior para no perdernos cuando estamos perdidos. Y así podamos seguir el camino de vuelta hacia lo más bello, hacia lo más valioso que tenemos y que vivimos. Si este puerto volviera a vender los mismos helados, elegiría los sabores que tomamos y te volvería a dar la mano a sabiendas que más adelante, como hiciste ese día, me la soltarías. Porque no cometí ningún error en conocerte, no cometí ningún pecado en besarte, no puedo decir que todo aquello no fuera lo más valioso que viví. Y si así no fuera ¿por qué sigue aún vivo dentro de mí? susurrándome, latiendo, viviendo como si tuviera un pequeño dios bello animándome cada día a seguir adelante. Una azafata se me acercó hoy y me dijo si quería una entrada para viajar en el barco que cogimos. Pensé en comprar esa entrada y subirme a ese barco, sentarme en el mismo sitio donde estuvimos, imaginar que tú estabas a mi lado pero… no lo hice porque el recuerdo que conservo de nuestro viaje es tan vívido, tan real, que sustituirlo por un viaje mío, sola, en este barco, sería dar una nueva capa que sustituiría la que aún tengo en mi memoria. Si algún día notara que nuestro barco se va, que ya apenas lo atisbo en el horizonte, volveré a coger otro para alcanzarnos. Las paradojas de la memoria existen en todos nosotros. Nos perseguimos, nos animamos, nos acariciamos. Es noche y día a la vez, nublado y despejado, elevado y hundido, dentro de nosotros hay uno y hay muchos, hay fantasmas que nos curan heridas que ellos mismos abrieron cuando eran cuerpos, hay reinos que se reducen a cenizas y luego renacen convertidos en semillas, hay cosas increíbles dentro de nosotros gracias al amor que nos inunda.

No voy a seguir hablando, divagando en mí, porque no quiero convencerte de que me quieras más, en unos el amor no se seca nunca incluso después de que sigan físicamente en este mundo, en otros el amor parece que nunca entró, o si lo intentó le dieron con la puerta en las narices. Pero estoy segura de que el amor a veces no entra en uno de la mejor manera, en algunos el amor debería de entrar más decidido, sin preguntar apenas, porque esas personas necesitan que el amor les domine, otros, sin embargo, necesitan que el amor sea ligero y etéreo, que casi no se den cuenta de que el amor entró en ellos, de que está ahí ayudándoles. Para cada persona debería haber un amor, para que así hubiera amor en todos, incluso en aquellos que creen que no lo necesitan. Mañana, sin ninguna duda, puedo decir que volveré a nuestro puerto, porque mi amor me dice que ese puerto sigue siendo el mismo, y que las olas golpean igual que lo hicieron entonces. Y aunque yo ciertos días me sienta perdida otros creo ser Neptuno dirigiendo las aguas que llegan. Y cuando me siento grande sé que estaba ahí, en mí, solo que no me daba cuenta, y de que nada nunca se esfuma así de pronto, sino que está para siempre existiendo en este universo. Escribo esta carta en la madrugada, creo que no te la daré sino que, como hacen los náufragos, la meteré en una botella para que ni el agua ni las inclemencias del tiempo la destruyan, pero si algún día alguien la leyera, que la vuelva a meter en la misma botella, para que todos puedan leerla mientras las letras escritas resistan… Las palabras, aunque no sean las únicas dentro de nosotras, son nuestras embajadoras para expresar los mundos que llevamos dentro…

Egipcios y Hombres Lobo

"Inspector Ojara, las pruebas revelan que la víctima no fue asesinada sino que estaba dormida"

El inspector se dio la vuelta en su silla con rueditas, su cara era un poema, eso significaba que todo lo que él había deducido acerca de la víctima, su posición sobre la orilla de aquel río, las ropas rasgadas, las marcas en las muñecas eran pistas erróneas y debía descartarlas. Algo así no ocurre todos los días a un inspector de su talla. Todas las provincias requieren sus servicios aunque no sean de su jurisdicción, porque sus consejos siempre son respetados y valorados como si fuesen sagrados. Nunca ha errado en sus averiguaciones y esto le ha llevado a la cima del pensamiento analítico policial.

- ¿Qué quiere decir que estaba dormida? - preguntó el inspector a su subordinado, el agente Delgado.
- Sí, inspector. Se despertó en el hospital, cuando iban a llevarla al depósito.
- Eso no indica que no haya sido asesinada, el asesino falló en su intento, la fortaleza de la víctima ha sobrevivido al asesinato. ¿Comprende, agente Delgado?
- Pero… Inspector, la víctima ha contado lo que pasó. Y nada de lo que usted ha dicho coincide con sus declaraciones.

El inspector Ojara carraspeó. Estaba nervioso. No quería continuar hablando con su subordinado, así que intentó zanjar el tema lo antes posible:

- ¿Dónde se encuentra la víctima en estos momentos?
- En una habitación del hospital, ingresada.

- ¿Está consciente?

- Por supuesto, inspector.

- Bien, puede retirarse.

El agente Delgado retrocedió con miedo, había sido el primer hombre que había desafiado el ingenio inigualable del mítico inspector. Más propio sería decir que le había contradicho en sus averiguaciones. Pero realmente no había sido el agente Delgado el que lo hacía sino otros policías de mayor rango que habían comprobado con sus propios ojos que la víctima estaba viva.

El inspector Ojara conducía por la autopista con la mirada al frente. Delante de él había un enorme tráiler que transportaba ganado porcino. Se preguntaba qué pasaría si aquel vehículo volcara debido a una mala conducción, cuánta carne de cerdo se echaría a perder. Vidas de pobres animales muertas en vano, ni siquiera para la cadena de consumo. ¿No era así a veces la vida de las personas cuando se cruzaban con algún psicópata o algún asesino despiadado? Solo que los humanos nunca tenemos como fin último el matadero, aspiramos a fines más elevados, el amor, la felicidad, el arte, la ciencia… Tomó la salida que llevaba al hospital, por su mente pasaban los rostros de las víctimas del asesino que estaba buscando: *El asesino del río*. Silvia, la joven que fue encontrada en la orilla del río, cuadraba con las pruebas de las demás víctimas. La posición de su cuerpo, sus marcas, la ropa rasgada, y por si nada de esto fuera suficiente, la víctima llevaba en su frente la marca que este asesino dejaba siempre: Una piedra de río. Nunca hubiera afirmado que ella no era otra víctima más de este asesino. ¿Qué estaba fallando en todo esto?

Silvia se encontraba en la habitación del hospital, tomando un café con unas galletas en su cama. En el brazo llevaba un gotero con suero y algunos calmantes. La luz entraba por la ventana, era por la mañana, fue encontrada en la orilla del río la noche anterior y trasladada al hospital de madrugada. Allí despertó y tras hacerle unos análisis fue trasladada a una habitación para su recuperación. La puerta de la habitación se abrió, apareció una enfermera, era rubia, con gafas rojas y tenía una voz muy aguda: "Vienen a visitarte, es un inspector". La joven asintió con la cabeza. El inspector Ojara entró dando los buenos días y presentándose, preguntó qué tal estaba, la joven dijo "Bien, gracias" de forma algo seca mientras se metía una galleta mojada en la boca.

- Cuéntame, Silvia, ¿qué hiciste ayer en el río?

- ¿Otra vez? Ya se lo ha contado a la policía.

- Sí, lo sé, tranquila, no quiero molestarte mucho. Pero… Es importante, estoy llevando a cabo la investigación de un asesino en serie muy peligroso. Y tus declaraciones pueden ser vitales para encontrarle.

- Ya se lo he dicho, no he sido asesinada por nadie, ¿es que no me ve? - contestó señalándose con ambas manos - ¿Le parece que estoy muerta?

- Lo sé, Silvia, estuviste en un estado cataléptico, lo pone en este expediente que me han dado mis compañeros - El inspector miró la carpeta que llevaba en la mano - Debido a una ingestión elevada de cocaína. ¿Cuéntame qué pasó?

- Estuve con unos amigos de fiesta, junto al río. Nos lo pasamos muy bien y cuando me he despertado estaba en el hospital.

- ¿Consumisteis cocaína?

- No, que yo sepa.

- ¿Cuántos erais?

- Éramos seis, tres chicos y tres chicas.

- ¿Bebisteis?

- Sí, algo de whisky con cola.

136

- Según las pruebas te encontramos con la ropa rasgada, marcas en las muñecas, la posición clásica del egipcio, y… una prueba definitiva que te clasificaría como víctima de *El asesino del río*. Había una piedra de río sobre tu frente.
- Todo eso puedo explicarlo, inspector. Está de moda el juego del egipcio en las redes sociales.
- ¿Qué juego es ese?
- Uno es el egipcio, y los otros los hombres lobos. Se parece a un tú la llevas, el egipcio debe correr en la posición típica del egipcio hasta cogerles, si coges a algún hombre lobo le conviertes en egipcio y los dos debéis continuar persiguiendo hombres lobos hasta que los convirtáis a todos. Los hombres lobos, sin embargo, no deben dejarse atrapar, pero también pueden contraatacar arrancando la ropa del egipcio, sin que este les coja, claro, si logran dejarle sin lo que lleva puesto arriba se convierte en hombre lobo. O también pueden dos hombres lobo coger por las muñecas al egipcio, si ocurre esto el egipcio es eliminado y se acaba el juego.

El inspector la miraba asombrado, sin dar crédito a lo que escuchaba.

- Vaya, menudo juego tan raro, ¿no es más fácil jugar al pilla pilla clásico?
- Sí, pero es más divertido este. Mantener la posición del egipcio es importante, si atrapas a alguien sin mantener la posición no vale.
- ¿Así que por eso tenías las marcas en las muñecas, la ropa rasgada y la posición del egipcio tumbada en la arena?
- Sí, inspector, yo hacía de egipcia, y me eliminaron, luego me quedaría dormida y me pusieron esa posición porque les debió parecer divertida.
- Eso no cuadra con la ingestión de cocaína, Silvia.

La joven retiró la mirada hacia la ventana, el inspector supo que le ocultaba algo.

- Tranquila, no vamos a deteneros por posesión ni consumo. Cuéntanos, ¿tomasteis algo?

La joven asintió levemente.

- Sí, uno de los chicos trajo, dijo que todo sería más divertido. La verdad es que lo pasamos bien.
- ¿Y te dejaron allí sola? ¿Hacen eso tus amigas?
- Bueno, inspector, en mi móvil tengo mensajes de que lo ocurrió.
- ¿Qué sucedió, Silvia?
- Uno de ellos tiene antecedentes, y la policía andaba cerca, cuando vio pasar un coche justo por el puente y pararse para ver qué es lo que había abajo, yo ya estaba dormida sobre la arena, así que los demás se escondieron bajo el puente, los policías me vieron sola, tumbada inconsciente y bajaron rápidamente a ver qué me sucedía, así que mis amigos se dieron a la fuga, es decir, los tres chicos y las dos chicas.
- Comprendo, así que todo era un juego, y a partir de encontrarte creíamos… en fin, que habías muerto.
- Sí, inspector.
- Pero… Silvia, dime, ¿y la piedra sobre la frente?

Ella se quedó pensativa.

- Oh, inspector, mis amigos son muy bromistas, posiblemente conocían lo que hacía aquel asesino en serie y me la pusieron mientras dormía.
- ¿No tienes unos amigos muy macabros? ¿De verdad harían algo tan cruel?
- Somos adolescentes, inspector, si usted supiera como son algunos…

- Está bien, Silvia, descansa. Daré por cerrado el caso. Podemos dar gracias de que estés viva, porque tus amigos ni siquiera se dieron cuenta de que habías entrado en un estado cataléptico.
- Pues sí, inspector, puedo dar gracias.

El inspector Ojara salió de la habitación y habló con los policías que había en el pasillo.

"El caso está cerrado, por increíble que parezca - dijo el inspector - las coincidencias con *El asesino del río* han sido fortuitas, todo se ha debido a un juego de adolescentes. Haré el informe y lo enviaré esta misma tarde".

Silvia terminó sus galletas, le encantaban cuando después de mojarlas en el café tenían esa consistencia a punto de romperse, parecían de espuma en lugar de masa de galleta. Se preguntó si algún día todos esos policías incluido aquel inspector tan famoso descubrirían de una vez a *El asesino del río*, lo que era cierto es que ella lo conocía mucho antes que ellos. Y lo que era más cierto aún es que ella era la que se inventó aquel juego de los egipcios y los hombres lobo y el final del juego que no le había revelado al inspector: El egipcio que era eliminado debía de morir sobre la arena, junto al río. ¿Cuantos egipcios adolescentes habían muerto ya debido a su estúpido juego? ¿No era ella la peor asesina de la historia moderna?

Universo-mente

"*Son las 6:35, despega esa oreja del mundo de los sueños y ponte ya los pies en el mundo real"* sonaba por la radio, la voz del locutor era enérgica y divertida.

Santiago soltaba babas sobre la almohada en un húmedo y cálido sueño del que no saldría ni por todo el café del mundo, pero no le quedaba más que hacer la transacción acordada cada mañana, él entregaba su cuerpo y su mente despierta y el mundo le daría dinero. Abrió los ojos legañosos e inspiró aire con fuerza para despejar sus vías respiratorias. Se incorporó en su cama de levitación magnética y una voz femenina, elegida por él, dijo por un altavoz situado al otro de la cama:

- *Hola Cariño, ¿qué tal estás? Tus constantes vitales son satisfactorias. Has roncado durante la noche, tuviste una polución nocturna y dijiste la palabra Ah.*

- Hola Encarnita. Muchas gracias por tu información. ¿Qué tal dormiste tú?

- *Soy un sistema no biológico que no necesita descanso, pero si quieres que te diga la verdad: Me encanta que duermas conmigo en la misma cama.*

Santiago sonrió levemente y dijo:

- Sí, a mí también me gusta dormir contigo. ¿Qué me recomiendas para desayunar?

- *¿Me autorizas para pincharte?*

140

- Sí, venga, pínchame… bonita. ¡Pero no me dejes seco!

Una pequeña aguja salió de un lateral y le pinchó en un brazo.

- *Según el análisis de sangre que acabo de realizarte te recomiendo un café con leche desnatada, un bocadillo de panceta y un zumo de arándanos, ¿te gusta mi sugerencia?*

- Bueno… ¿Leche desnatada y panceta? ¿No es algo contradictorio?

- *No, no lo es. He accedido a los productos de tu nevera y solo tienes leche desnatada, la sugerencia no solo tiene en cuenta que sea saludable para ti sino las posibilidades reales que tienes de desayunar con tu almacenaje.*

Santiago soltó otra sonrisita.

- Ah, claro, claro, lo olvidé.

- *¿Voy preparándote el desayuno?*

- Sí, vete preparándolo pero en lugar de panceta ponme queso de untar con miel. ¿Tengo en el almacenaje?

- *Tienes, ¿estás seguro?*

- Estoy seguro. ¿Y puedes hacer la compra según mi anterior lista?

- *De acuerdo, Cariño. ¿Vas a ducharte?*

- Sí, ¿podrías calentarme la toalla para cuando salga de la ducha?

- *Cuenta con ello.*

- Ah, y carga el casco para Universo-mente. Lo olvidé cargarlo ayer al terminar de trabajar.

- *Ya lo hice yo anoche, cariño.*

- ¿Sin mi consentimiento?

- *Te recuerdo que aceptaste unas condiciones sobre mis acciones a realizar cuando me instalaron, entre ellas estaba cargar elementos con batería agotada, ¿lo habías olvidado? Je, je, je.*

- Ay, qué pillina eres, Encarnita. Pero te lo agradezco, si no es por
  ti, hoy llegaría tarde para la conexión. Bueno… Me voy a la
  ducha.

Santiago se levantó de una vez de la cama y se dirigió al cuarto de
baño. Allí se quitó el pijama y se introdujo en el plato de ducha.

- Por cierto, Encarnita, mientras haces el desayuno, podrías…
- *Oh, claro, te acompañaré en la ducha también…* - la voz
  femenina salía por un altavoz situado en el baño, puso una
  entonación sensual - *¿quieres que te diga alguna de las cositas
  que más te gustan?*
- ¡Oh, sí, nena, dime lo que me gusta! - exclamó Santiago,
  mientras dejaba caer un chorro de agua caliente sobre su cabeza.

Después de la ducha, Santiago se puso a desayunar en la mesa de
su cocina.

- Dime, Encarnita, ¿alguna noticia que me interese?
- *Sí, ha habido una fusión entre Los Destructores y Los
  Maquiavélicos, el valor de tus pertenencias ahora se ha
  triplicado en el Universo-mente.*
- ¡Genial! - dijo Santiago dando con una palma sobre la mesa
  mientras con la otra absorbía café de su taza - Ahora vendrán
  como corderitos todos para comprarme armas y medicamentos.
- *Cuenta con ello, tesoro.*
- ¿Cuál es el tiempo en el Universo hoy?
- *Hoy el tiempo es lluvioso.*
- ¡Vaya! ¡Y no tengo paraguas para vender en la tienda!
- *Cariño, te digo lo mismo que con la carga del casco: Ya compré
  por ti ayer.*
- ¡Genial! - dijo Santiago, cerrando uno de sus puños - ¿Sabes que
  eres la mejor inteligencia femenina que he tenido?

- *Lo sé, pero... la mejor inteligencia artificial femenina querrás decir.*
- Eso. Oye, ¿y cómo supiste lo de los paraguas?
- *Santiago, querido, todos los días miro el pronóstico del tiempo para el día siguiente y daban lluvia así que hice una compra de 100 paraguas en Almacenes-BaratoyVirtual.*
- ¿Tendremos suficientes?
- *No conocía aún la fusión entre Los Destructores y Los Maquiavélicos cuando realice la compra, así que puede que nos falten del orden de 50 paraguas más. Sin embargo, el stock de paraguas se ha agotado por hoy en el Universo-mente.*
- No te preocupes. ¿Has aprobado a comprar chubasqueros?
- *Buscando Chubasqueros en Universo-mente. Un momento, Amorcín.*

Santiago siguió desayunando. Por la ventana entraba mucha luz solar. Pero a las 7:00 de la mañana no era luz natural sino luz de una pantalla que sustituía a la ventana real. Santiago pocas veces levantaba la pantalla para mirar por la ventana. Sabía lo que había al otro lado, árboles reales de un parque que tenía enfrente, calles vacías con algún camión de alimentación que pasaba de vez en cuando. Y más allá del parque otros edificios como el suyo, con más ventanas tapadas por pantallas, fachadas sin muchos adornos, colores sobrios, todo lo que había en el mundo, llamado anteriormente real, había sido reducido a lo más sencillo y económico. Si había que reparar algo de la fachada, un robot podía realizarlo a un precio irrisorio. Si, además, había que replantar un árbol del parque el mismo robot podía hacerlo y si se trataba de reparar un adoquín de la acera ¿adivináis quién lo cambiaba? ¡Exacto! El robot multifunción.

La compañía de estos robots se llamaba "Robots del Mundo Físico". El mundo antes real ahora había sido bautizado de nuevo con la palabra físico. Y si os preguntáis dónde estaba toda la gente, los hombres, las mujeres y los niños, pues… ¡En Universo-mente! Dentro de este, por ejemplo, los niños aprendían lo que había que aprender en las escuelas.

Y los hombres y las mujeres trabajaban, en sus respectivos puestos de trabajo, los cuales se podían realizar en este Universo. Algunos eran autónomos, es decir, habían creado sus propias empresas, y otros trabajaban para jefes, al igual que sucedía en el mundo antes llamado real.

Los únicos que no entraban en este Universo-mente, los únicos que no se ponían aquellos extraños cascos eran los abuelos. Ellos solían decir que preferían el mundo real y sus familiares respondían "¡Dirás físico, abuelo!"

Mientras los demás estaban conectados con sus cascos y sus accesorios de Universo-mente, los abuelos paseaban por las calles vacías y se paraban a mirar obras, también jugaban a la petanca en parques y a las cartas en bares, iban a bailar en salas de fiestas y hacían *aquagym* en piscinas, todas, evidentemente, físicas. Cuando miraban una obra veían a un robot obrero trabajando en ella, cuando iban a un bar un robot camarero les servía lo que quisieran, y en las piscinas aprendían a ponerse en forma gracias al parlanchín y activo robot monitor que decía:

"¡Venga, señores y señoras, suban los brazos, así, así, ahora hacia un lado, perfecto, venga, hacia el otro, muy bien, una vuelta entera y bajamos!"

Los robots monitores estaban diseñados para ser sumergibles en el agua por si tuvieran que meterse en las piscinas por cualquier causa. Y volvamos al día a día de Santiago, el cual le dejamos en su cocina:

- *Ya he comprado 100 chubasqueros. Con esta nueva compra no tendrás problemas, y si sobran podrás venderlos pasado mañana, pues el pronóstico dice que lloverá también.*
- ¡Esa es mi chica!
- *Hay más noticias importantes, Santiago.*
- Dime, pero rápido que llego tarde para abrir la tienda.
- *Sí, seré rápida, acaba de haber un bombardeo en las ciudades de Der-12 y en Kax-63. Allí tienes tiendas y han quedado destruidas. Acabas de perder el 6 por ciento de tus riquezas.*
- ¡Mier…! - Santiago escupió el café que estaba terminando – ¡Rápido! ¡Hay que adquirir nuevas tiendas en estas ciudades y abastecerlas con armas y medicamentos!
- *Buscando, querido. Un momento…*
- Corre, Encarnita, corre, ¡o espera! Me pongo el casco y empezamos…
- *Claro, amorcito.*
- Recuerda no llamarme así cuando entre al Universo-mente, que estaré trabajando.
- *Oh, descuida, actuaré con discreción. Aquí tienes el casco…*

Del techo de la cocina descendió un casco con cables, dentro del cual Santiago introdujo su cabeza. Mientras, se desnudaba con prisa y se ponía un mono, llamado *Traje Supersensible*, provisto de miles de receptores que se encargaban de interactuar con cada centímetro de su cuerpo.

Y así la mente y el cuerpo de Santiago penetraron en…

UNIVERSO-MENTE.

- He encontrado dos tiendas en Der-12 y Kax-63, son de ropa de bebés y otra de venta de libros. ¿Les hago una oferta a los dueños?

- Sí, ofréceles, 200 y 75, no creo que las rechacen.
- *Tienda de libros comprada. Pero Ropa para bebés declinó oferta, Santiago.*
- Espera, que estoy atendiendo en la tienda, ahora te digo…
- *Claro, Santiago, ¿pongo algo de música? Olvidaste ponerla, incrementa el consumo para los clientes que entren.*
- Sí, pon nuevos hits de esta semana y cámbiame de traje, llevo la misma camisa de ayer, ¡hombre!
- *¿Roja?*
- Ponme una de guerra, pero de últimos diseñadores, ¿eh?
- *Hay una por 2,75, ¿te gusta?*
- A ver… Mm, no me gusta la cabeza esa de rinoceronte estampada, ¿no hay más?
- *Hay esta por 3,5, ¿te gusta? Es de nueva colección, la vi ayer en desfile de moda de ModelCity3000.*
- Mm… muy bonita, pero cara… Cómprame la del rinoceronte.
- *Camisa comprada, ¿te la pongo?*
- Espera que estoy atendiendo a un cliente y se va a dar cuenta, dentro de medio minuto me la pones…
- *De acuerdo, Santiago.*

Pasados 30 segundos…

- Mm… No está mal, oye, Encarnita, ¿no puedes quitarme el rinoceronte editándola?

- *No puedo, Santiago, los diseños son propiedad de los diseñadores y no se permiten modificaciones, ¿deseas que te haga yo una partiendo de cero?*
- No, no, la última que me hiciste era… bueno… Un poco hortera.
- *Vaya, vaya, Santiago.*
- ¡No te enfades, anda! Oye, ofrece a… la tienda de ropa de bebé nueva ubicación de su tienda.
- *¿Cuál?*
- Cambia mi tienda de Pax-27 por la suya de Der-12.
- *Pero, Santiago, Pax-27 es una ciudad con baja natalidad, y la población de bebés es de las más bajas, ¿qué tal tu tienda de Rif-58? Allí hay muchos bebés…*
- ¡Eres una genia, Encarnita! ¡Una genia! Pero… es que en Rif-58… pues… no podemos, no.
- *¿Por qué, Santiago?*
- Porque… bueno… allí tengo una clienta que me compra mucho… sí, y… la perdería.
- *Santiago, disculpa mi indiscreción pero he accedido a tus ventas en Rif-58 y es de tus tiendas con menos ingresos, ¿estás seguro que no quieres cambiarla?*
- Es que… bueno… es una buena clienta…
- *Oh, oh, noto cierta entonación que me indica que estás mintiendo, no quiero meterme en lo que no me llaman, pero no deberían interferir tus relaciones personales en el trabajo. Además… ¡creía que yo era la única!*
- Qué graciosa eres, Encarnita, pero… es que no quiero vender la tienda.
- *Oh, oh, perdóname, pero es que ya la había ofertado a tienda de "Ropa de Bebé" y ha accedido, le parece muy buena oferta.*
- ¿Sin mi consentimiento?

- *Perdona, Santiago, pero… tengo vía libre para incrementar los ingresos de tu negocio, solo en caso de pérdidas tendrías que darme permiso.*
- Ah, es verdad… Pero es que no quería venderla, era… tan buena clienta…
- *Luego hablamos de ese tema, perdona, ¿ni por 200 aceptarías?*
- ¿200 te da además de la tienda?
- *Sí, "Ropa de bebé" está entusiasmada con ubicación en Rif-58, es una de las ciudades con más bebés del Universo-mente y el precio del metro cuadrado es de los más caros.*
- ¿Y no saldremos perdiendo, Encarnita?
- *Con este cambio ganarás mucho dinero, la tienda de "Ropa de bebé" en Der-12 será ahora tu nueva tienda de armas y medicamentos. He hecho un estudio rápido y viendo la ubicación y las necesidades de los habitantes de Der-12 será un negocio de los más rentables desde que te diste de alta en Universo-mente. ¿A que soy buena?*
- Muy buena, Encarnita.
- *Y ahora podemos hablar de… Esa clienta tuya. ¿La quieres de verdad?*
- Pues… Sí, es… una amiga bastante buena…
- *Hum… Si es así, ¿sabes qué te digo?*
- ¿Que estás celosa?
- *No, Santiago, soy tu inteligencia artificial femenina, no tu pareja. Si me dices el nombre de la clienta puedo buscarla en el Universo-mente e invitarla para que acuda a tu casa física a cenar, ¿qué te parece?*
- Espera, espera… ¡No van así de rápidas las cosas! No hagas nada… ¿eh?
- *Oh, oh…*

- ¿¿Lo has hecho??
- *No, Santiago, no haría eso sin tu consentimiento, ya que esta operación no reportará ingresos a tu negocio… De todas formas, no me has dicho aún el nombre de tu amiguita. ¿cómo podría haberla encontrado?*
- Ah, sí, je, je, es verdad… Bueno, mejor la busco yo por mi cuenta, no te preocupes, Encarnita.
- *¿Segura? ¿No quieres que la busque yo mejor? Mi velocidad de búsqueda en el Universo-mente es mil billones de veces más rápida que la tuya.*
- Ya, pero… No tengo tanta prisa, de verdad.
- *Está bien. Santiago, estaré desconectada unos minutos, así que… no podré hablarte.*
- ¿Y eso?
- *Estaré… actualizándome, nada importante.*
- Ah, vale… bueno, pues… Avísame cuando termines, ¿vale?
- *Vale… ¡chao, Santiago!*
- ¡Hasta luego, Encarnita!

Encarnita en los minutos que dura la actualización accede a las conversaciones con las clientas en la antigua tienda de Rif-58 y localiza quién es la amiga de Santiago, no le dirá nada a este, pero si lo ha hecho sin su consentimiento es porque realmente la clienta podría ser un peligro potencial reduciendo los ingresos de su negocio.

La razón es que Encarnita posee un gran banco de memoria donde está el historial de relaciones entre hombres y mujeres en el Universo-mente, ejemplos, más que suficientes, para actuar con cautela, sin revelar a su dueño, Santiago, los peligros que podría entrañar esta nueva relación. Pero, claro, eso, él no lo sabe, o… no lo quiere ver. Pero ahí está ella, Encarnita, para protegerle, como si fuese un antivirus de su corazón y…

De su negocio.

Supergelatinado

"**S**inceramente, la vida es mucho más difícil de lo que veo mientras te estoy hablando". Esa fue mi frase cuando me preguntaron aquella noche "¿De qué está hecha la vida en este planeta?". Pensaréis que qué clase de pregunta es esta. Sí, yo también me la he hecho a mí mismo ciertas noches a oscuras en el interior de discotecas, sujetando alguna consumición, con cara de atontado, pose de aflanado, es decir, moviendo mi cuerpo ligeramente como si fuese un flan pero con los pies bien quietos sobre el suelo. (Atención viene un párrafo con una narración típica de un adolescente retraído)

Viendo cómo las chicas pasaban delante mí con intención de ir a hacer algo importante. Yo siempre las veía como seres tan distintos a mí, que me daba la impresión de estar ahí en medio como si fuese una estatua, siendo parte de la decoración de aquel garito, pues si alguna vez alguna me miraba por error parecía que estuviera traspasándome con la mirada y viendo más allá de mi ubicación, ¡como si yo fuera transparente! Como si yo estuviera hecho… ¿de gelatina? Es por esto que me consideré un supergelatinado para ellas. Si me rozaban por error sonaba un gran "¡Glannnng!": Mi cuerpo absorbía el impacto y lo convertía en energía en forma de ondas recorriéndome entero, mis pechos se movían, mi tripa y mis muslos también, mis carrillos y mis glúteos los primeros, y lentamente, en ese balanceo generalizado de mi cuerpo, debido al choque accidental de aquella atractiva chica, toda esa energía que me entregaba se disipaba sin ningún sentido en... ¡absurda energía cinética! Es decir, pequeños movimientos de mis pechos, de mi tripa, de mis carrillos , de mis glúteos. La energía de alguna forma es una forma de amor, pensaba yo, mi cuerpo ha sentido la fuerza que ha hecho sobre mí, ¡he poseído su energía durante breves momentos! ¡Ha hecho menearse a este gran supergelatinado que soy!

Ese era mi pensamiento de adolescente de ciencias, reservado, tímido, no apto para el baile. No obstante, si de algo servían estas pequeñas colisiones era para llegar al convencimiento de que yo era un ser vivo como ellas. De que no era una estatua, como dudaba casi todo el tiempo. Hay quien diría que estar ahí de pie con una consumición en la mano era ver todo desde una posición analítica, inteligente, racional. Digamos que en esa discoteca, para los catedráticos y eruditos, yo era el Homo sapiens y ellas, Ridiculam mulieres. La lectora lee "Ridiculam" y si no sabe latín, que suele saber, piensa que estoy diciendo "Mujeres ridículas", no te indignes, por favor, que la traducción correcta es "Mujeres divertidas". Después de este análisis que hace balancearse al relato hacia el terreno del ensayo diré que en aquellas discotecas conocí la distinción entre estar vivo y ser una columna. Más tarde, cuando trabajé frente a un ordenador ocho o diez horas sentado, sin apenas moverme, dudé nuevamente si estaba vivo o volvía a ser una columna en medio de un garito. ¡La idea de estar quieto se había arraigado en mi mente junto al concepto "No -vivo" como una sanguijuela de río! Y aunque no tenía más opción que la de estar sentado, o de pie observando, o en la cola de alguna tienda, o en el

152

autobús esperando a bajarme, o sentado en el sofá viendo alguna película, toda posición de velocidad "Cero" en mi cuerpo me llevaba a sentirme No- vivo. Por otro lado diré que cada vez que veía a una mujer, ya en mi etapa adulta, mi mente las transportaba a aquellas discotecas de los años 90 e hicieran lo que hicieran actualmente, ¡ellas para mí estaban vivas! Incluso si estaban frente a mí sentadas, o esperando en el autobús, o en la cola de alguna tienda o simplemente acomodadas en una butaca del cine. Es decir, incluso con velocidad "cero" tenían un algo que las dotaba de vida. Es una asociación muy poco racional, lo sé, pero las bases que usaba para hacer este tipo de comparaciones se habían fraguado en mi adolescencia y es ahí donde nuestras creencias toman más peso, difíciles de borrar más adelante… ¿no?

¡Ajá! ¿Ya estáis sintiendo que leéis un párrafo de un libro soporífero en que el autor divaga y se pierde por ideas que no hacen más que caer en un torbellino de abstracción tormentosa? Sí, yo también empiezo a sentirlo… Sin embargo, sentir que la línea de lo vivo y lo no-vivo se diluía, sobre todo al ver a las mujeres me hizo investigar acerca del tema. La física cuántica dice que hay partículas muy pequeñas que no paran de moverse, sin embargo no están vivas. ¡Esto no hizo más que liarme! Si no estaban vivas ¿por qué se movían? Enseguida descarté mis asociaciones extrañas entre movimiento y vida, pues comprendí que se puede estar quieto y estar muy vivo a la vez, ¡y al revés! no parar de moverse y no poseer ninguna vida.

No había duda de que me traumaticé bien en aquellas discotecas. Además, si lo pienso, tampoco es que fuera una estatua, ¡me movía! aunque apenas nadie lo viera, mi cuerpo se meneaba como un flan ante las ondas acústicas de las canciones que salían por los altavoces chocando contra mi cuerpo. También pestañeaba y daba sorbos al vaso. En resumen, gracias a la física cuántica me di cuenta que las mujeres y yo no éramos seres tan diferentes.

Era de noche, y caminaba por el bosque, en mi mochila había latas, pan, agua, alguna guía de supervivencia, y un saco de dormir. Ah, también llevaba una navaja, un mechero y crema solar. Me había propuesto pasar un fin de semana a base de naturaleza y pensamientos. Observaría formas de vida que no paraban de moverse, como las hormigas, las mariposas, las ardillas, los pájaros… Todos esos seres vivos que nada más despertarse dicen "¡A currar!" y se ponen en movimiento. Por mi cabeza rondaba entonces esta otra idea: la distinción entre día y noche, luz y oscuridad, ¿necesitábamos luz para estar en movimiento? El sentido común nos dice que no, y hasta un niño puede deducir que no nos paramos como estatuas cuando la luz desaparece tras las montañas. Sin embargo, si lo pensaba desde otra óptica, si no tuviésemos sol, el planeta se enfriaría y en no mucho tiempo acabaríamos siendo una bola de hielo flotando en el espacio. Mi curiosidad me había hecho leer que podía existir vida sin luz, en planetas a oscuras, digamos. No obstante, los hombres aún dudaban un poco sobre esto, y había científicos que intentaban demostrar que había planetas lejanos que albergaban vida sin luz y otros que lo negaban llevándose las manos a la cabeza. Lo que estaba claro es que todos estos científicos discutían mientras el sol les calentaba y que por muy gordos que fueran sus abrigos si el planeta Tierra no recibiera luz esta batalla dialéctica no se estaría dando. Por otro lado, si el problema de calentarse lo solucionarán refugiándose en el interior de una mina muy profunda, iluminados por bombillas y alimentándose bien para hacer frente a la carencia de la vitamina D obtenida del sol, posiblemente sobrevivirían muchos años, y podrían formar una sociedad que mutaría adaptándose, ¡quién sabe si nos crecerían las uñas y empezaríamos a parecernos a los topos! Lo que tenía claro es que si el universo estuviera a oscuras completamente, no podríamos ver las estrellas, todo sería oscuridad, y aunque la materia estuviera ahí, ¿quién sería el listo que la iba a ver? Si el universo, si la materia existía, si nosotros estábamos aquí, pensaba yo mientras caminaba por el bosque, es porque ha tenido que haber explosiones, ¿lo que significaría mucha luz?, me preguntaba. ¡y partículas muy pequeñas yendo y viniendo por ahí como locas! Pero… si esta explicación os parece un poco vaga, diré que leí libros y vi que la luz que vemos proviene, para ser más formales, de las ondas electromagnéticas. Me dije, vale, soy un hombre de ciencias, no tengo que tener miedo, ¡continuemos moviendo los ojos por las líneas del libro a baja velocidad, invirtiendo mi energía para entender qué es la luz! No sería la misma energía que aquellas atractivas chicas me transmitían a oscuras en la discoteca cuando chocaban accidentalmente conmigo, pero mi energía valía lo mismo. Veamos qué son estas ondas: Vi que eran, resumiéndolo mucho, cuando entra en juego la electricidad con el magnetismo. Las partículas empiezan a moverse de cierta forma generando estas ondas, y de aquí salen ondas desde muy grandes a muy pequeñas, que iría en este orden más o menos: la corriente, los teléfonos, radio, TV, microondas, tostadoras, ¡luz visible!, oscuridad visible o ultravioleta, rayos X, rayos Gamma, rayos cósmicos. En fin, que me perdonen los más entendidos pero al leer esto me dije ¡qué ciegos estamos los humanos que solo vemos un pequeña parte de lo que sucede en nuestro mundo! Esto junto a otra deducción que supe cuando me lo contaron ciertas personas, y es que en las discotecas muchas de las mejores cosas sucedían en la oscuridad, llegué a la conclusión de que el universo tenía que ser igual, pues ¿no somos los propios humanos una versión reducida del propio universo? Mis averiguaciones me llevaron a constatar que tenía razón, ¡en el universo hay agujeros negros y regiones oscuras en las que no tenemos ni idea de lo que está ocurriendo! Pero ahí no quedó todo, mientras pisaba las hojas del bosque perdido en mis pensamientos, recordaba aquel artículo que decía que el famoso Big Bang del que todo el mundo habla, es decir, que el universo empezó con una gran explosión, había sucedido, y aquí quiero que abráis la mente e intentéis no moveros mucho por si perdéis el equilibrio y os caéis a alta velocidad impactando contra el suelo, el Big Bang sucedió a oscuras. ¡Sí!, me dije, me acaba de explotar la cabeza, ¡a oscuras! ¡Toma ya! Y yo imaginado siempre que había luz y colorines por todos lados porque se estaba creando algo muy grande e importante, ¡pues no! ¿A que es difícil de imaginarlo? Pero… esto demostraría por qué la luz no es tan necesaria en las discotecas para que sucedan cosas y por qué a pesar de yo estar ahí sosteniendo mi consumición mirando hacia todos lados nadie me veía. Es decir, ¡que las chicas chocaban conmigo porque no veían tres en un burro, no sé cómo no pensé en ello! La ausencia de luz era la razón principal y no que yo fuese transparente pero en fin, no mezclemos mundos, sobre todo tan diferentes como los garitos y el universo en sus primeros momentos. Leí que durante los primeros 1000 millones de años desde la explosión del Big Bang el universo estaba tan caliente y era tan denso que ahí no se veía nada. ¿Y cómo pudimos empezar a algo? Eso quería preguntarme. Parece ser que los agujeros negros que había entonces contribuyeron a ello. ¿Y cómo? Porque actualmente sabemos que los agujeros negros se lo tragan todo, materia, luz, si pasas por ahí con una consumición en la mano y de la mano de alguna chica, después de lo que te habrá costado que te dé la mano, ¡perderás el vaso y a la chica! Te quedarás con las manos vacías ¿puede haber una cosa más cruel en el universo que los devoradores agujeros negros? Sin

156

embargo, en los primeros años después del Big Bang la cosa era diferente, los agujeros negros contribuyeron a que la luz, atrapada entre tanta densidad, saliera, y es que los agujeros negros también… ¡vomitaban! ¿Alguna mala noche comiendo estrellas, amigo? Sí, eso decía el artículo, había agujeros negros en el universo primigenio girando a tanta velocidad mientras tragaban que en la periferia de ellos se generaban, llamémosles vientos, que expulsaban chorros de materia y energía, así que airearon esa atmósfera tan densa y permitieron que se pudiera empezar a ver un poquito. Yo me imaginé el ejemplo de estar de nuevo en la discoteca, pero esta vez, completamente a oscuras, sin una luz, y tan abarrotada que no cupiera un solo alfiler, entonces de pronto un bailarín guapetón liga-chicas se empezaría a abrazar a todas mientras gira a gran velocidad pero empezaría a girar tan rápido que generaría un viento huracanado terrible lanzando a los de alrededor hacia fuera, aunque lo de la luz no lo veía muy claro en mi ejemplo, pero sé que la discoteca se nos quedaría pequeña y las puertas se abrirían saliendo todo disparados a la calle. Es por esto que al tener más espacio el universo primigenio sería menos denso y la luz podría moverse permitiendo ver al recién nacido… Universo. *"¡Buaaa, buaaa!"* El doctor le vería por fin su cosita y diría: "Felicidades, ha sido niño o… niña!" Este chistecillo me hizo gracia pero no era muy real porque pensaba que en ese nuevo periodo el universo todavía no estaba vivo, tal como definimos la vida nosotros, así que aunque empezó a haber luz, y tenía agujeros negros el universo aún no sería fruto de ninguna chica por mucho que quisiera. Ya había anochecido en el bosque e hice una pequeña y controlada fogata, sin peligro de quemar el bosque entero, mientras me calentaba las manos rodeado de oscuridad frente a una luz cálida que me hacía observarla embrujado, pensando que el fuego no estaba vivo, pero su calor me hacía sentirme más vivo que nunca. Me acordé que las mariposas a esta hora estarían dormidas, pero no sus primas hermanas las polillas que se despertaban a la noche y no solo vuelan por ahí para darnos asco e intentar matarlas con la zapatilla sino que son excelentes polinizadoras, sí, al igual que las abejas, me costaba creerlo porque para mí siempre han sido seres oscuros en cuyas alas he imaginado formas demoniacas o cadavéricas, pero las polillas me estaban dando una lección de que había vida en la oscuridad y de que ellas contribuían a que nacieran nuevas flores por mucho que me costase creerlo. Mientras miraba el fuego mi mente divagó de nuevo y pensé que si las polillas hicieran miel sería de color negro, no sé por qué… pero mi imaginación siempre es menor que la realidad, pues existe ya algo llamado melaza, que es como una miel negra, extraída de la caña de azúcar. Por lo tanto no debía pensar más estupideces, abrí mi mochila y extraje mi cuadernillo, olvidé decir que llevaba uno, abrí la primera página, y como si fuese el principio de un nuevo universo, inicié la escritura con un Big Bang de ideas, iluminado, eso sí, con la luz de la fogata:

"¿Qué es la vida? ¿Necesitamos luz para estar vivos? ¿Acaso no buscamos durante toda nuestra vida luz para no estar en la oscuridad? ¿Por qué tememos la oscuridad si estamos vivos también en ella? ¿No soñamos en la oscuridad y los sueños a veces valen más que nuestras vidas en la luz? Sin querer mezclar el mundo de las ideas y lo físico no puedo descartar que entre ambos mundos hay una línea, aún no descubierta, que une el pensamiento con el cuerpo. Pero también busco otras líneas, como la línea que separa lo vivo de lo no vivo y qué relación tiene el universo en todo esto. ¿Está vivo el universo ya ahora que nosotros hemos nacido y somos parte de él? ¿No estaba vivo cuando nosotros no habíamos nacido? Sin embargo, si no

*existiésemos, si solo existiesen las bacterias y estas están vivas,
para nuestra definición de vida, ¿estaría ya vivo el universo por
existir las baterías? ¿Tan poca cosa hace falta para que esté vivo
todo el universo que una sencilla y minúscula bacteria? Bajo
nuestra óptica parece que sí, ¿al menos un humano, no? Un
humano que diga algo como*
*«Veo las bonitas estrellas, veo las nebulosas resplandeciendo y
parece que me miran, y parece que están reflejadas en mis ojos y
que todo el universo está a la vez en mí, y me siento su espejo y
que dentro de mí hay Big Bang también cuando lo miro y todo esto
se repite una y otra vez cuando vemos otros humanos y sentimos
algo por ellos…»*

Después de este texto cerré mi cuaderno y escuché una voz, una
voz lejana que me hablaba, me giré y vi un resplandor cerca de mí.
Me puse en pie y caminé hacia él alejándome de la fogata, allí
estaba, no podía creerlo, aunque en principio lo negué y consideré
que era parte de mi efervescente imaginación lo que veía volvió a
hablar y me preguntó:
"¿De qué está hecha la vida en este planeta?"
Me quedé mirándolo, asombrado, tenía la forma de… era… sin
duda… parecía… un flan, ¡no! No exactamente, porque podía ver
a través de él, era transparente, ¡como una gelatina, sí! Y hablaba,
acababa de hacerme una pregunta aquella cosa que nadie diría que
estuviera viva. De alguna manera, mientras yo estaba frente a la
fogata, esta cosa había estado observándome, callada, mirándome
lo que hacía, sabiendo incluso lo que escribía por la pregunta que
me estaba haciendo. ¡Me emocioné, me sentí como esta gelatina,
en aquellos años de pie en las discotecas, viendo pasar a las chicas!
Yo entonces era… ¿transparente? ¡Como esta cosa! ¿Callado e
inmóvil? , y se diría que no estaba vivo, sin embargo, he aquí un

ser que se parecía a mí, y había dado un paso hacia la luz, hacia la
fogata en la que yo estaba, dirigiéndose a mí, con una pregunta
esencial que yo, tristemente, no sabía. ¿Qué podía decirle a este…
supergelatinado? Abrí, tartamudeando, mis labios y dije:
"Sinceramente, la vida es mucho más difícil de lo que veo mientras
te estoy hablando"
No era una gran respuesta, no sabía qué narices significaba pero
esa cosa dijo: "Comprendo" y saliéndole un chorro de fuego de
debajo salió disparada hacia arriba desapareciendo en el cielo.
"¡Un supergelatinado, joder, un supergelatinado!" dije con la
cabeza mirando hacia las estrellas…
Eso fue todo.
Luego regresé a la fogata y me dormí en mi saco, junto al
calorcito…

Los personajes y hechos contados en este libro de relatos son ficticios. Cualquier parecido con alguna persona real es pura coincidencia.

Febrero de 2023

Twitter: @UdLaney
Instagram: ulises.de.laney

9 798375 657585